葡萄《ぶどう》

有島武郎

ハルキ文庫

角川春樹事務所

目次

一房の葡萄

一房《ひとふさ》の葡萄《ぶどう》

僕《ぼく》は小さい時に絵を描《か》くことが好きでした。僕の通《かよ》っていた学校は横浜《よこはま》の山《やま》の手《て》という所にありましたが、そこいらは西洋人《せいようじん》ばかり住んでいる町で、僕の学校も教師は西洋人ばかりでした。そしてその学校の行きかえりには、いつでもホテルや西洋人の会社などが、ならんでいる海岸の通りを通るのでした。通りの海ぞいに立って見ると、真《ま》っ青《さお》な海の上に軍艦《ぐんかん》だの商船《しょうせん》だのがいっぱいならんでいて、煙突《えんとつ》から煙《けむり》の出ているのや、檣《ほばしら》＊1から檣へ万《ばん》国旗《こっき》をかけわたしたのやがあって、眼《め》がいたいように綺麗《きれい》でした。僕はよく岸に立ってその景色《けしき》を見渡して、家に帰ると、覚えているだけを出来るだけ美しく絵に描いてみようとしました。けれどもあの透《す》きとおるような海の藍色《あいいろ》と、白い帆前船《ほまえせん》＊2などの水際《みずぎわ》近くに塗《ぬ》ってある洋紅色《ようこうしょく》＊3とは、僕の持っている絵の具ではどうしてもうまく出せませんでした。いくら描いても描いても本当の景色で見るような色には描けませんでした。

ふと僕は学校の友達の持っている西洋絵の具を思い出しました。その友達はやはり西洋《せいよう》人《じん》で、しかも僕より二つくらい齢《とし》が上でしたから、身長《せい》は見上げるように大きい子でした。ジムというその子の持っている絵の具は舶来《はくらい》＊4の上等のもので、軽い木の箱の中に、十二種の絵の具が小さな墨《すみ》のように四角な形にかためられて、二列にならんでいました。どの色も美しかったが、とりわけて藍《あい》と洋紅《ようこう》とはびっくりするほど美しいものでした。ジムは僕より身長《せい》が高いくせに、絵はずっと下手《へた》でした。それでもその絵の具をぬると、下手な絵さえなんだか見ちがえるように美しくなるのです。僕はいつでもそれを羨《うらや》ましいと思っていました。あんな絵の具さえあれば、僕だって海の景色《けしき》を、本当に海に見えるように描《か》いてみせるのになあと、自分の悪い絵の具を恨《うら》みながら考えました。そうしたら、その日からジムの絵の具がほしくってほしくってたまらなくなりましたけれども僕はなんだか臆《おく》病《びょう》になって、パパにもママにも買ってくださいと願う気になれないので、毎日毎日その絵の具のことを心の中で思いつづけるばかりで幾日《いくにち》か日がたちました。

今ではいつのころだったか覚えてはいませんが、秋だったのでしょう。葡萄《ぶどう》の実が熟《じゅく》していたのですから。天気は冬が来る前の秋によくあるように、空の奥の奥まで見すかされそうに晴れわたった日でした。僕達は先生と一緒に弁当をたべましたが、その楽しみな弁当の最中でも、僕の心はなんだか落ち着かないで、その日の空とはうらはらに暗かったのです。僕は自分一人で考えこんでいました。誰《だれ》かが気がついて見たら、顔もきっと青かったかも知れません。僕はジムの絵の具がほしくってほしくってたまらなくなってしまったのです。胸が痛むほどほしくなってしまったのです。ジムは僕の胸の中で考えていることを知っているにちがいないと思って、そっとその顔を見ると、ジムはなんにも知らないように、おもしろそうに笑ったりして、わきに坐《すわ》っている生徒と話をしているのです。でもその笑っているのが僕のことを知っていて笑っているようにも思えるし、何か話をしているのが、「いまにみろ、あの日本人が僕の絵の具を取るにちがいないから」といっているようにも思えるのです。僕はいやな気持ちになりました。けれども、ジムが僕を疑《うたが》っているように見えれば見えるほど、僕はその絵の具がほしくてならなくなるのです。

僕はかわいい顔はしていたかも知れないが、体も心も弱い子でした。そのうえ臆病者《おくびようもの》で、言いたいことも言わずにすますような質《たち》でした。だからあんまり人からは、かわいがられなかったし、友達もないほうでした。昼ご飯がすむとほかの子供達は活潑《かつぱつ》に運動場に出て走りまわって遊びはじめましたが、僕だけはなおさらその日は変に心が沈《しず》んで、一人だけ教場《きようじよう》＊5にはいっていました。そとが明るいだけに教場の中は暗くなって、僕の心の中のようでした。自分の席に坐《すわ》っていながら、僕の眼《め》は時々ジムの卓《テイブル》の方に走りました。ナイフでいろいろないたずら書きが彫《ほ》りつけてあって、手垢《てあか》で真っ黒になっているあの蓋《ふた》を揚《あ》げると、その中に本や雑記帳《ざつきちよう》や石板《せきばん》＊6と一緒になって、飴《あめ》のような木の色の絵の具箱があるんだ。そしてその箱の中には小さい墨《すみ》のような形をした藍《あい》や洋紅《ようこう》の絵の具が……僕は顔が赤くなったような気がして、思わずそっぽを向いてしまうのです。けれどもすぐまた横眼《よこめ》でジムの卓《テイブル》の方を見ないではいられませんでした。胸のところがどきどきとして苦しいほどでした。じっと坐っていながら、夢で鬼《おに》にでも追いかけられた時のように気ばかりせかせかしていました。

教場に、はいる鐘《かね》がかんかんと鳴りました。僕は思わずぎょっとして立ち上がりました。生徒達が大きな声で笑ったり怒鳴《どな》ったりしながら、洗面所の方に手を洗いに出かけて行くのが窓から見えました。僕は急に頭の中が氷のように冷たくなるのを気味《きみ》悪《わる》く思いながら、ふらふらとジムの卓《テイブル》の所に行って、半分夢のようにそこの蓋《ふた》を揚《あ》げて見ました。そこには僕が考えていたとおり、雑記帳や鉛筆箱《えんぴつばこ》とまじって、見覚えのある絵の具箱がしまってありました。なんのためだか知らないが僕はあっちこちをむやみに見廻《みまわ》してから、手早くその箱の蓋を開けて藍と洋紅との二色を取り上げるが早いか、ポッケット*7の中に押し込みました。そして急いでいつも整列して先生を待っている所に走って行きました。

僕達は若い女の先生に連れられて教場《きょうじょう》にはいり銘々《めいめい》の席に坐《すわ》りました。僕はジムがどんな顔をしているか見たくってたまらなかったけれども、どうしてもそっちの方をふり向くことができませんでした。でも僕のしたことを誰《だれ》も気のついたようすがないので、気味《きみ》が悪いような安心したような心持ちでいました。僕の大好きな若い女の先生のおっしゃることなんかは耳にはいりはいっても、なんのことだかちっともわかりませんでした。先生も時々不思議そうに僕の方を見ているようでした。

僕はしかし先生の眼《め》を見るのがその日に限ってなんだかいやでした。そんなふうで一時間がたちました。なんだかみんな耳こすり[*8]でもしているようだと思いながら一時間がたちました。

教場《きょうじょう》を出る鐘《かね》が鳴ったので僕はほっと安心してため息をつきました。けれども先生が行ってしまうと、僕は僕の級《きゅう》で一番大きな、そしてよく出来る生徒に「ちょっとこっちにおいで」と肱《ひじ》の所を掴《つか》まれていました。僕の胸は、宿題をなまけたのに先生に名を指《さ》された時のように、思わずどきんと震《ふる》えはじめました。けれども僕は出来るだけ知らないふりをしていなければならないと思って、わざと平気な顔をしたつもりで、しかたなしに運動場の隅《すみ》に連れて行かれました。

「君はジムの絵の具を持っているだろう。ここに出したまえ」

そういってその生徒は僕の前に大きく拡《ひろ》げた手をつき出しました。そういわれると僕はかえって心が落ち着いて、

「そんなもの、僕持ってやしない」と、ついでたらめをいってしまいました。そうすると三、四人の友達と一緒に僕の側《そば》に来ていたジムが、

「僕は昼休みの前にちゃんと絵の具箱を調べておいたんだよ。一つも失《な》くなってはいなかったんだよ。そして昼休みがすんだら二つ失くなっていたんだよ。そして休みの時間に教《きょう》

場《じょう》にいたのは君だけじゃないか」と少し言葉を震《ふる》わしながら言いかえしました。

　僕はもう駄目《だめ》だと思うと急に頭の中に血が流れこんで来て顔が真っ赤になったようでした。すると誰《だれ》だったかそこに立っていた一人がいきなり僕のポッケットに手をさし込もうとしました。僕は一生懸命《けんめい》にそうはさせまいとしましたけれども、多勢《たぜい》に無勢《ぶぜい》でとてもかないません。僕のポッケットの中からは、みるみるマーブル球《だま》（今のビー球《だま》のことです）や鉛《なまり》のメンコなどと一緒に、二つの絵の具のかたまりが掴《つか》み出されてしまいました。「それみろ」といわんばかりの顔をして、子供達は憎《にく》らしそうに僕の顔を睨《にら》みつけました。僕の体はひとりでにぶるぶる震《ふる》えて、眼《め》の前が真っ暗になるようでした。いいお天気なのに、みんな休み時間をおもしろそうに遊びまわっているのに、僕だけは本当に心からしおれてしまいました。あんなことをなぜしてしまったんだろう。取りかえしのつかないことになってしまった。もう僕は駄目だ。そんなに思うと弱虫だった僕は淋《さび》しく悲しくなって来て、しくしくと泣き出してしまいました。

「泣いておどかしたって駄目《だめ》だよ」とよく出来る大きな子が馬鹿《ばか》にするような、憎《にく》みきったような声で言って、動くまいとする僕をみんなで寄ってたかって二階に引っ張って行こうとしました。僕は出来るだけ行くまいとしたけれども、とうとう力まかせに引きずられて、階子段《はしごだん》を登らせられてしまいました。そこに僕の好きな受け持ちの先生の部屋《へや》があるのです。

やがてその部屋《へや》の戸をジムがノックしました。ノックするとはいってもいいかと戸をたたくことなのです。中からはやさしく「おはいり」という先生の声が聞こえました。僕はその部屋にはいる時ほどいやだと思ったことはまたとありません。

何か書きものをしていた先生は、どやどやとはいって来た僕達を見ると、少し驚いたようでした。が、女のくせに男のように頸《くび》の所でぶつりと切った髪の毛を右の手で撫《な》であげながら、いつものとおりのやさしい顔をこちらに向けて、ちょっと首をかしげただけでなんのご用というふうをしなさいました。そうするとよく出来る大きな子が前に出て、僕がジムの絵の具を取ったことをくわしく先生に言いつけました。先生は少し曇《くも》った顔付きをして真面目《まじめ》にみんなの顔や、半分泣きかかっている僕の顔を見くらべていなさいましたが、僕に「それは本当ですか」と聞かれました。本当なんだけれども、僕がそんないやな奴《やつ》だということを、どうしても僕の好きな先生に知られるのがつらかったのです。だから僕は答える代わりに本当に泣き出してしまいました。

先生はしばらく僕を見つめていましたが、やがて生徒達に向かって静かに「もういってもようございます」といって、みんなをかえしてしまわれました。生徒達は少し物足《ものた》らなそうにどやどやと下に降りていってしまいました。

先生は少しの間なんとも言わずに、僕の方も向かずに、自分の手の爪《つめ》を見つめていましたが、やがて静かに立って来て、僕の肩の所を抱きすくめるようにして「絵の具はもう返しましたか」と小さな声でおっしゃいました。僕は返したことをしっかり先生に知ってもらいたいので深々《ふかぶか》と頷《うなず》いて見せました。

「あなたは自分のしたことをいやなことだったと思っていますか」

もう一度そう先生が静かにおっしゃった時には、僕はもうたまりませんでした。ぶるぶると震《ふる》えてしかたがない唇《くちびる》を、嚙《か》みしめても嚙みしめても泣き声が出て、眼《め》からは涙がむやみに流れて来るのです。もう先生に抱かれたまま死んでしまいたいような心持ちになってしまいました。

「あなたはもう泣くんじゃない。よく解《わか》ったらそれでいいから泣くのをやめましょう、ね。次の時間には教場《きようじよう》に出ないでもよろしいから、私《わたくし》のこのお部屋《へや》にいらっしゃい。静かにしてここにいらっしゃい。私が教場から帰るまでここにいらっしゃいよ。いい」とおっしゃりながら僕を長椅子《ながいす》に坐《すわ》らせて、その時また勉強の鐘《かね》がなったので、机の上の書物《しよもつ》を取り上げて、僕の方を見ていられましたが、二階の窓まで高く這《は》い上がった葡萄蔓《ぶどうづる》から、一房《ひとふさ》の西洋葡萄をもぎって、しくしくと泣きつづけていた僕の膝《ひざ》の上にそれをおいて、静かに部屋を出て行きなさいました。

一時《いちじ》がやがやとやかましかった生徒達はみんな教場《きょうじょう》にはいって、急にしんとするほどあたりが静かになりました。僕は淋《さび》しくって淋しくってしようがないほど悲しくなりました。あのくらい好きな先生を苦しめたかと思うと、僕は本当に悪いことをしてしまったと思いました。葡萄《ぶどう》などはとても食べる気になれないで、いつまでも泣いていました。

ふと僕は肩を軽くゆすぶられて眼《め》をさましました。僕は先生の部屋《へや》でいつのまにか泣き寝入《ねい》りをしていたと見えます。少し痩《や》せて身長《せい》の高い先生は、笑顔《えがお》を見せて僕を見おろしていられました。僕は眠ったために気分がよくなって今まであったことは忘れてしまって、少し恥ずかしそうに笑いかえしながら、慌《あわ》てて膝《ひざ》の上からすべり落ちそうになっていた葡《ぶ》萄《どう》の房《ふさ》をつまみ上げましたが、すぐ悲しいことを思い出して、笑いも何も引っ込んでしまいました。

「そんなに悲しい顔をしないでもよろしい。もうみんなは帰ってしまいましたから、あなたもお帰りなさい。そして明日《あす》はどんなことがあっても学校に来なければいけませんよ。あなたの顔を見ないと私《わたくし》は悲しく思いますよ。きっとですよ」

そういって先生は僕のカバンの中にそっと葡萄《ぶどう》の房《ふさ》を入れてくださいました。僕はいつものように海岸通りを、海を眺《なが》めたり船を眺めたりしながら、つまらなく家に帰りました。そして葡萄をおいしく食べてしまいました。

けれども次の日が来ると僕はなかなか学校に行く気にはなれませんでした。お腹《なか》が痛くなればいいと思ったり、頭痛《ずつう》がすればいいと思ったりしたけれども、その日に限って虫歯一本痛みもしないのです。しかたなしにいやいやながら家《うち》は出ましたが、ぶらぶらと考えながら歩きました。どうしても学校の門をはいることは出来ないように思われたのです。けれども先生の別れの時の言葉を思い出すと、僕は先生の顔だけはなんといっても見たくてしかたがありませんでした。僕が行かなかったら先生はきっと悲しく思われるに違いない。もう一度先生のやさしい眼《め》で見られたい。ただその一事《いちじ》があるばかりで僕は学校の門をくぐりました。

そうしたらどうでしょう、まず第一に待ちきっていたようにジムが飛んで来て、僕の手を握《にぎ》ってくれました。そして昨日《きのう》のことなんか忘れてしまったように、親切に僕の手をひいて、どきまぎ*9している僕を先生の部屋《へや》に連れて行くのです。僕はなんだかわけがわかりませんでした。学校に行ったらみんなが遠くの方から僕を見て「見ろ泥棒《どろぼう》のうそつきの日本人が来た」とでも悪口をいうだろうと思っていたのに、こんなふうにされると気味《きみ》が悪いほどでした。

二人の足音を聞きつけてか、先生はジムがノックしない前に戸を開けてくださいました。二人は部屋《へや》の中にはいりました。

「ジム、あなたはいい子、よく私《わたくし》の言ったことがわかってくれましたね。ジムはもうあなたからあやまってもらわなくってもいいと言っています。二人は今からいいお友達になればそれでいいんです。二人とも上手《じょうず》に握手《あくしゅ》をなさい」と先生はにこにこしながら僕達を向かい合わせました。僕はでもあんまり勝手過ぎるようでもじもじしていますと、ジムはぶら下げている僕の手をいそいそと引っ張り出して堅《かた》く握《にぎ》ってくれました。僕はもうなんといってこの嬉《うれ》しさを表わせばいいのか分からないで、ただ恥ずかしく笑うほかありませんでした。ジムも気持ちよさそうに、笑顔《えがお》をしていました。先生はにこにこしながら僕に、

「昨日《きのう》の葡萄《ぶどう》はおいしかったの」と問われました。僕は顔を真っ赤にして「ええ」と白《はく》状《じょう》するよりしかたがありませんでした。

「そんならまたあげましょうね」

そういって、先生は真っ白なリンネル*10の着物につつまれた体を窓からのび出させて、葡《ぶ》萄《どう》の一房《ひとふさ》をもぎ取って、真っ白い左の手の上に粉《こな》のふいた紫色《むらさきいろ》の房を乗せて、細長い銀色の鋏《はさみ》で真ん中からぷつりと二つに切って、ジムと僕とにくださいました。真っ白い手《て》の平《ひら》に紫色の葡萄の粒《つぶ》が重なって乗っていたその美しさを僕は今でもはっきりと思い出すことが出来ます。

僕はその時から前より少しいい子になり、少しはにかみ屋でなくなったようです。

それにしても僕の大好きなあのいい先生はどこに行かれたでしょう。もう二度とは遇《あ》えないと知りながら、僕は今でもあの先生がいたらなあと思います。秋になるといつでも葡《ぶ》萄《どう》の房《ふさ》は紫色《むらさきいろ》に色づいて美しく粉《こな》をふきますけれども、それを受けた大理石《だいりせき》のような白い美しい手はどこにも見つかりません。

（一九二〇年八月）

溺《おぼ》れかけた兄妹《きょうだい》

土用波《どようなみ》＊1という高い波が風もないのに海岸に打ち寄せるころになると、海水浴に来ている都《みやこ》の人たちもだんだん別荘《べっそう》をしめて帰ってゆくようになります。今までは海岸の砂《すな》の上にも水の中にも、朝から晩まで、たくさんの人が集まって来て、砂山からでも見ていると、あんなに大勢な人間がいったいどこから出て来たのだろうと不思議に思えるほどですが、九月にはいってから三日目になるその日には、見わたすかぎり砂浜のどこにも人っ子一人いませんでした。

私の友達のM《エム》と私と妹とはお名残《なごり》だといって海水浴にゆくことにしました。おばあさまが波が荒くなって来るから行かないほうがよくはないかとおっしゃったのですけれども、こんなにお天気はいいし、風はなしするから大丈夫《だいじょうぶ》だといっておっしゃることを聞かずに出かけました。

ちょうど昼少し過ぎで、上天気で、空には雲一つありませんでした。昼間でも草の中にはもう虫の音《ね》がしていましたが、それでも砂《すな》は熱くって、裸足《はだし》だと時々草の上に駈《か》け上がらなければいられないほどでした。Mはタオルを頭からかぶってどんどん飛んで行きました。私は麦稈帽子《むぎわらぼうし》を被《かぶ》った妹の手を引いてあとから駈けました。少しでも早く海の中につかりたいので三人は気息《いき》を切って急いだのです。

紆波《うねり》といいますね、その波がうっていました。ちゃぷりちゃぷりと小さな波が波打ち際《ぎわ》でくだけるのではなく、少し沖の方に細長い小山のような波が出来て、それが陸の方を向いてだんだん押し寄せて来ると、やがてその小山のてっぺんが尖《とが》って来て、ざぶりと大きな音をたてて一度に崩《くず》れかかるのです。そうするとしばらく間《ま》をおいてまたあとの波が小山のように打ち寄せて来ます。そして崩れた波はひどい勢《いきお》いで砂《すな》の上に這《は》い上がって、そこらじゅうを白い泡《あわ》で敷《し》きつめたようにしてしまうのです。三人はそうした波のようすを見ると少し気味悪《きみわる》くも思いました。けれどもせっかくそこまで来ていながら、そのまま引き返すのはどうしてもいやでした。で、妹に帽子《ぼうし》を脱《ぬ》がせて、それを砂の上に仰向《あおむ》けにおいて、衣物《きもの》やタオルをその中に丸めこむと私達三人は手をつなぎ合わせて水の中にはいってゆきました。

「ひきがひどいね」

とMがいいました。本当にその通りでした。ひきとは水が沖の方に退《ひ》いて行く時の力のことです。それがその日は大変強いように私達は思ったのです。踝《くるぶし》くらいまでより水の来ない所に立っていても、その水が退《ひ》いてゆく時にはまるで急な河《かわ》の流れのようで、足の下の砂《すな》がどんどん掘れるものですから、うっかりしていると倒れそうになるくらいでした。

その水の沖の方に動くのを見ていると眼《め》がふらふらしました。けれどもそれが私達にはおもしろくってならなかったのです。足の裏《うら》をくすむるように砂が掘れて足がどんどん深く埋《うず》まってゆくのがこのうえなくおもしろかったのです。三人は手をつないだまま少しずつ深い方にはいってゆきました。沖の方を向いて立っていると、膝《ひざ》の所で足がくの字に曲がりそうになります。陸の方を向いていると向脛《むこうずね》にあたる水が痛いくらいでした。両足を揃《そろ》えてまっすぐに立ったままどっちにも倒れないのを勝ちにしてみたり、片足で立ちっこをしてみたりして、三人はおもしろがって人魚《にんぎょ》のように跳《は》ね廻《まわ》りました。

そのうちにMが膝《ひざ》ぐらいの深さの所まで行ってみました。そうすると紆波《うねり》が来るたびごとにMは背延《せの》びをしなければならないほどでした。それがまたおもしろそうなので私達もだんだん深みに進んでゆきました。そして私達はとうとう波のない時には腰ぐらいまで水につかるほどの深みに出てしまいました。そこまで行くと波が来たらただ立っていたままでは追っ付きません。どうしてもふわりと浮き上がらなければ水を呑《の》ませられてしまうのです。

ふわりと浮き上がると私達は大変高い所に来たように思いました。波が行ってしまうので地面に足をつけると海岸の方を見ても海岸は見えずに波の背中だけが見えるのでした。その中にその波がざぶんとくだけます。波打ち際《ぎわ》が一面に白くなって、いきなり砂山《すなやま》や妹の帽子《ぼうし》などが手に取るように見えます。それがまたこのうえなくおもしろかったのです。私達三人は土用波《どようなみ》があぶないということも何も忘れてしまって波越《なみこ》しの遊びを続けさまにやっていました。

「あら大きな波が来てよ」

と沖の方を見ていた妹が少し怖《こわ》そうな声でこういきなりいいましたので、私達も思わずその方を見ると、妹の言葉通りに、これまでのとはかけはなれて大きな波が、両手をひろげるような恰好《かっこう》で押し寄せて来るのでした。泳ぎの上手《じょうず》なMも少し気味悪《きみわる》そうに陸の方を向いていくらかでも浅い所までにげようとしたくらいでした。私達はいうまでもありません。腰から上をのめるように前に出して、両手をまたその前に突き出して泳ぐような恰好をしながら歩こうとしたのですが、なにしろひきがひどいので、足を上げることも前にやることも思うようには出来ません。私達はまるで夢の中で怖い奴《やつ》に追いかけられている時のような気がしました。

後ろから押し寄せて来る波は私達が浅い所まで行くのを待っていてはくれません。みるみる大きく近くなって来て、そのてっぺんにはちらりちらりと白い泡《あわ》がくだけ始めました。Mは後ろから大声をあげて、

「そんなにそっちへ行くと駄目《だめ》だよ、波がくだけると捲《ま》きこまれるよ。今のうちに波を越

すほうがいいよ」

といいました。そういわれればそうです。私と妹とは立ち止まってしかたなく波の来るのを待っていました。高い波が屏風《びょうぶ》を立てつらねたように押し寄せて来ました。私達三人はちょうど具合《ぐあい》よくくだけないうちに波の背を越すことが出来ました。私達は体をもまれるように感じながらもうまくその大波をやりすごすことだけは出来たのでした。三人はようやく安心して泳ぎながら顔を見合わせてにこにこしました。そして波が行ってしまうと三人ながら泳ぎをやめてもとのように底の砂《すな》の上に立とうとしました。

ところがどうでしょう、私達は泳ぎをやめると一しょに、三人ながらずぼりと水の中に潜《くぐ》ってしまいました。水の中に潜っても足は砂にはつかないのです。私達は驚きました。慌《あわ》てました。そして一生懸命《けんめい》にめんかきをして、ようやく水の上に顔だけ出すことが出来ました。その時私達三人が互いに見合わせた眼《め》といったら、顔といったらありません。顔は真《ま》っ青《さお》でした。眼は飛び出しそうに見開いていました。今の波一つでどこか深い所に流されたのだということを私達はいい合わさないでも知ることが出来たのです。いい合わさないでも私達は陸の方をめがけて泳げるだけ泳がなければならないということがわかったのです。

三人は黙《だま》ったままで体を横にして泳ぎはじめました。けれども私達にどれほどの力があったかを考えてみてください。Mは十四でした。私は十三でした。妹は十一でした。Mは毎年《まいねん》学校の水泳部に行っていたのでとにかくあたり前に泳ぐことを知っていましたが、私は横のし泳ぎ[*2]を少しと、水の上に仰向《あおむ》けに浮くことを覚えたばかりですし、妹はようやく板を離《はな》れて二、三間《げん》[*3]泳ぐことが出来るだけなのです。

ごらんなさい私達はみるみる沖の方へ沖の方へと流されているのです。私は頭を半分水の中につけて横のしでおよぎながら時々頭を上げて見ると、そのたびごとに妹は沖の方へと私から離《はな》れてゆき、友達のMはまた岸の方へと私から離れて行って、しばらくのちには三人はようやく声がとどくぐらいお互いに離ればなれになってしまいました。そして波が来るたんびに私は妹を見失ったりMを見失ったりしました。私の顔が見えると妹は後ろの方からあらん限りの声をしぼって

「兄《にい》さん来てよ……もう沈《しず》む……苦しい」

と呼びかけるのです。実際妹は鼻の所ぐらいまで水に沈《しず》みながら声を出そうとするのですから、そのたびごとに水を呑《の》むと見えて真《ま》っ蒼《さお》な苦しそうな顔をして私を睨《にら》みつけるように見えます。私も前に泳ぎながら心は後ろにばかり引かれました。幾度《いくど》も妹のいる方へ泳いで行こうかと思いました。けれども私は悪い人間だったと見えて、こうなると自分の命が助かりたかったのです。妹の所へ行けば、二人とも一緒に沖に流れて命がないのは知

れ切っていました。私はそれが恐ろしかったのです。なにしろ早く岸について漁夫《りょうし》にでも助けに行ってもらうほかはないと思いました。今から思うとそれはずるい考えだったようです。

でもとにかくそう思うと私はもう後ろも向かずに無我夢中《むがむちゅう》で岸の方を向いて泳ぎ出しました。力がなくなりそうになると仰向《あおむ》けに水の上にねてしばらく気息《いき》をつきました。それでも岸は少しずつ近づいて来るようでした。一生懸命《けんめい》に……一生懸命に……、そして立ち泳ぎのようになって足を砂《すな》につけてみようとしたら、またずぶりと頭まで潜《くぐ》ってしまいました。私は慌《あわ》てました。そしてまた一生懸命で泳ぎ出しました。

立ってみたら水が膝《ひざ》の所ぐらいしかない所まで泳いで来ていたのはそれからよほどたってのことでした。ほっと安心したと思うと、もう夢中《むちゅう》で私は泣き声を立てながら、

「助けてくれえ」

といって砂浜《すなはま》を気ちがいのように駈《か》けずりまわりました。見るとMは遥《はる》かむこうの方で私と同じようなことをしています。私は駈けずりまわりながらも妹の方を見ることを忘れはしませんでした。波打ち際《ぎわ》からずいぶん遠い所に、波に隠《かく》れたり現われたりして、かわいそうな妹の頭だけが見えていました。

浜には船もいません、漁夫《りょうし》もいません。その時になって私はまた水の中に飛び込んで行

きたいような心持ちになりました。大事な妹を置きっぱなしにして来たのがたまらなく悲しくなりました。

その時Mが遥《はる》かむこうから一人の若い男の袖《そで》を引っぱってこっちに走って来ました。私はそれを見ると何もかも忘れてそっちの方に駈《か》け出しました。若い男というのは、土地の者ではありましょうが、漁夫《りょうし》とも見えないような通りがかりの人で、肩に何か担《にな》っていました。

「早く……早く行って助けてください……あすこだ、あすこだ」

私は、涙を流し放題《ほうだい》に流して、地《じ》だんだをふまないばかりにせき立てて、震《ふる》える手をのばして妹の頭がちょっぴり水の上に浮かんでいる方を指《さ》しました。

若い男は私の指《さ》す方を見定めていましたが、やがて手早く担《にな》っていたものを砂《すな》の上におろし、帯をくるくると解いて、衣物《きもの》を一緒にその上におくと、ざぶりと波を切って海の中にはいって行ってくれました。

私はぶるぶる震《ふる》えて泣きながら、両手の指をそろえて口の中へ押しこんで、それをぎゅっと歯でかみしめながら、その男がどんどん沖の方に遠ざかって行くのを見送りました。私の足がどんな所に立っているのだか、寒いのだか、暑いのだか、すこしも私には分かりません。手足があるのだかないのだかそれも分かりませんでした。

抜手《ぬきて》を切って行く若者の頭もだんだん小さくなりまして、妹との距《へだ》たりがみるみる近よって行きました。若者の身のまわりには白い泡《あわ》がきらきらと光って、水を切った手が濡《ぬ》れたまま飛魚《とびうお》が飛ぶように海の上に現われたり隠《かく》れたりします。私はそんなことを一生懸命《けんめい》に見つめていました。

とうとう若者の頭と妹の頭とが一つになりました。私は思わず指を口の中から放《はな》して、声を立てながら水の中にはいってゆきました。けれども二人がこっちに来るのおそいことおそいこと。私はまたなんのわけもなく砂《すな》の方に飛び上がりました。そしてまた海の中にはいって行きました。どうしてもじっとして待っていることが出来ないのです。

妹の頭は幾度《いくど》も水の中に沈《しず》みました。時には沈みきりに沈んだのかと思うほど長く現われて来ませんでした。若者もどうかすると水の上には見えなくなりました。そうかと思うと、ぽこんと跳《は》ね上がるように高く水の上に現われ出ました。なんだか曲泳《きょくおよ》ぎ*4でもしているのではないかと思われるほどでした。それでもそんなことをしているうちに、二人はだんだん岸近くなって来て、とうとうその顔までがはっきり見えるくらいになりました。が、そこいらは打ち寄せる波が崩《くず》れるところなので、二人はもろともに幾度も白い泡《あわ》の渦巻《うずま》きの中に姿を隠《かく》しました。やがて若者は這《は》うようにして波打ち際《ぎわ》にたどりつきました。妹はそんな浅みに来ても若者におぶさりかかっていました。私は有頂天《うちょうてん》になってそこまで飛んで行きました。飛んで行って見て驚いたのは若者の姿でした。せわしく深く気息《いき》をついて、体はつかれきったようにゆるんでへたへたになっていました。妹は私が近づいたのを見ると夢中《むちゆう》で飛んで来ましたがふっと思いかえしたように私をよけて砂山《すなやま》の方を向いて駈《か》け出しました。その時私は妹が私を恨《うら》んでいるのだなと気がついて、それは無理のないことだと思うと、このうえなく淋《さび》しい気持ちになりました。

それにしても友達のMはどこに行ってしまったのだろうと思って、私は若者のそばに立ちながらあたりを見廻《みまわ》すと、遥《はる》かな砂山の所をおばあさまを助けながら駈《か》け下りて来るのでした。妹は早くもそれを見付けてそっちに行こうとしているのだとわかりました。

それで私は少し安心して、若者の肩に手をかけて何かいおうとすると、若者はうるさそうに私の手を払いのけて、水の寄せたり引いたりする所に坐《すわ》りこんだまま、いやな顔をして胸のあたりを撫《な》でまわしています。私はなんだか言葉をかけるのさえためらわれて黙《だま》ったまま突っ立っていました。

「まああなたがこの子を助けてくださいましたんですね。お礼の申しようもございません」

すぐそばで気息《いき》せき切ってしみじみといわれるおばあさまの声を私は聞きました。妹は頭からずぶ濡《ぬ》れになったままで泣きじゃくりをしながらおばあさまにぴったり抱かれていました。

　私達三人は濡《ぬ》れたままで、衣物《きもの》やタオルを小脇《こわき》に抱《かか》えておばあさまと一緒に家《うち》の方に帰りました。若者はようやく立ち上がって体を拭《ふ》いて行ってしまおうとするのをおばあさまがたって頼《たの》んだので、黙《だま》ったまま私達のあとからついて来ました。

　家《うち》に着くともう妹のために床《とこ》がとってありました。妹は寝衣《ねまき》に着かえてねかしつけられると、まるで夢中《むちゆう》になってしまって、熱を出して木《こ》の葉《は》のようにふるえ始めました。おばあさまは気丈《きじよう》な方《かた》で甲斐甲斐《かいがい》しく世話をすますと、若者に向かって心の底からお礼をいわれました。若者は挨拶《あいさつ》の言葉も得《え》いわない*5ような人で、ただ黙《だま》ってうなずいてばかりいました。おばあさまはようやくのことでその人の住まっている所だけを聞き出すことが出来ました。若者は麦湯《むぎゆ》*6を飲みながら、妹の方を心配そうに見ておじぎを二、三度して帰って行ってしまいました。

「Mさんが駈《か》けこんで来なすって、お前達のことをいいなすった時には、私は眼《め》がくらむようだったよ。おとうさんやお母さんから頼まれていて、お前達が死にでもしたら、私は生きてはいられないから一緒に死ぬつもりであの砂山《すなやま》をお前、Mさんより早く駈け上がりました。でもあの人が通り合わせたおかげで助かりはしたもののこわいことだったねえ、もうもう気をつけておくれでないとほんに困りますよ」

おばあさまはやがてきっとなって私を前にすえてこうおっしゃいました。日ごろはやさしいおばあさまでしたが、その時の言葉には私は身も心もすくんでしまいました。少しの間でも自分一人が助かりたいと思った私は、心の中をそこらじゅうから針《はり》でつかれるようでした。私は泣くにも泣かれないでかたくなったままこちんとおばあさまの前に下を向いて坐《すわ》りつづけていました。しんしんと暑い日が縁《えん》の向こうの砂に照りつけていました。

若者の所へはおばあさまが自分でお礼に行かれました。そして何かお礼の心でおばあさまが持って行かれたものをその人はなんといっても受け取らなかったそうです。

それから五、六年の間はその若者のいる所は知れていましたが、今はどこにどうしているのかわかりません。私達のいいおばあさまはもうこの世にはおいでになりません。私の友達のMは妙《みょう》なことから人に殺されて死んでしまいました。妹と私ばかりが今でも生き残っています。その時の話を妹にするたんびに、あの時ばかりは兄さんを心から恨《うら》めしく思ったと妹はいつでもいいます。波が高まると妹の姿が見えなくなったその時のことを思うと、今でも私の胸は動悸《どうき》がして、空恐《そらおそ》ろしい気持ちになります。

（一九二一年七月）

碁石《ごいし》を呑《の》んだ八《や》っちゃん

八《や》っちゃんが黒い石も白い石[*1]もみんなひとりで両手でとって、股《もも》の下に入れてしまおうとするから、僕《ぼく》は怒ってやったんだ。

「八っちゃんそれは僕んだよ」

といっても、八っちゃんは眼《め》ばかりくりくりさせて、僕の石までひったくりつづけるから、僕はかまわずに取りかえしてやった。そうしたら八っちゃんが生意気《なまいき》に僕の頬《ほっ》ぺたをひっかいた。お母さんがいくら八っちゃんは弟だからかわいがるんだとおっしゃったって、八っちゃんが頬ぺたをひっかけば僕だって口惜《くや》しいから僕も力まかせに八っちゃんのちっぽけな鼻の所をひっかいてやった。指の先が眼にさわった時には、ひっかきながらもちょっと心配だった。ひっかいたらすぐ泣くだろうと思った。そうしたらいい気持ちだろうと思ってひっかいてやった。八っちゃんは泣かないで僕にかかって来た。投げ出していた足を折りまげて尻《しり》を浮かして、両手をひっかく形にして、黙《だま》ったままでかかって来たから、僕はすきをねらってもう一度八っちゃんの団子《だんご》鼻《ばな》の所をひっかいてやった。そうしたら八っちゃんはしばらく顔じゅうを変ちくりんにしていたが、いきなり尻をどんとついて僕の胸の所がどきんとするような大きな声で泣き出した。

僕はいい気味《きみ》で、もう一つ八っちゃんの頰《ほっ》ぺたをなぐりつけておいて、八っちゃんの足《あし》許《もと》にころげている碁石《ごいし》を大急ぎでひったくってやった。そうしたら部屋《へや》のむこうに日なたぼっこしながら衣物《きもの》を縫《ぬ》っていたばあやが、眼鏡《めがね》をかけた顔をこちらに向けて、上眼《うわめ》で睨《にら》みつけながら、

「また泣かせて、兄《にい》さん悪いじゃありませんか年かさのくせに」

といったが、八っちゃんが足をばたばたやって死にそうに泣くものだから、いきなり立って来て八っちゃんを抱き上げた。ばあやは八っちゃんにお乳《ちち》を飲ませているものだから、いつでも八っちゃんの加勢《かせい》をするんだ。そして、

「おおおおかわいそうにどこを。本当に悪い兄さんですね。あらこんなに眼《め》の下をみみずばれにして兄さん、ごめんなさいとおっしゃいまし。おっしゃらないとお母さんにいいつけますすよ。さ」

誰《だれ》が八っちゃんなんかにごめんなさいするもんか。始めっていえば八っちゃんが悪いんだ。僕は黙《だま》ったままでばあやを睨《にら》みつけてやった。

ばあやはわあわあ泣く八っちゃんの背中を、抱いたまま平手《ひらて》でそっとたたきながら、八っちゃんをなだめたり、僕になんだか小言《こごと》をいい続けていたが僕がどうしてもあやまってやらなかったら、とうとう

「それじゃようござんす。八っちゃんあとでばあやがお母さんにみんないいつけてあげますからね、もう泣くんじゃありませんよ、いい子ね。八っちゃんはばあやの御秘蔵《ごひぞう》っ子《こ》。兄さんと遊ばずにばあやのそばにいらっしゃい。いやな兄さんだこと」

といって僕が大急ぎでひとかたまりに集めた碁石《ごいし》の所に手を出して一摑《ひとつか》み摑もうとした。僕は大急ぎで両手で蓋《ふた》をしたけれども、ばあやはかまわずに少しばかり石を拾《ひろ》ってばあやの坐《すわ》っている所に持っていってしまった。

普段なら僕はばあやを追いかけて行って、ばあやがなんといっても、それを取りかえして来るんだけれども、八っちゃんの顔にみみずばれが出来ているとばあやのいったのが気がかりで、もしかするとお母さんにも叱《しか》られるだろうと思うと少しぐらい碁石《ごいし》は取られても我慢《がまん》する気になった。なにしろ八っちゃんよりはずっとたくさんこっちに碁石があるんだから、僕は威張《いば》っていいと思った。そして部屋《へや》の真ん中に陣どって、その石を黒と白とに分けて畳《たたみ》の上に綺麗《きれい》にならべ始めた。

八っちゃんはばあやの膝《ひざ》に抱かれながら、まだ口惜《くや》しそうに泣きつづけていた。ばあやが乳《ちち》をあてがっても呑《の》もうとしなかった。時々思い出しては大きな声を出した。しまいにはその泣き声が少し気になりだして、僕は八っちゃんと喧嘩《けんか》しなければよかったなあと思い始めた。さっき八っちゃんがにこにこ笑いながら小さな手に碁石《ごいし》をいっぱい握《にぎ》って、僕がいらないといっても僕にくれようとしたのも思い出した。その小さな握《にぎ》り拳《こぶし》が僕の眼《め》の前でひょこりひょこりと動いた。

そのうちにばあやが畳《たたみ》の上に握《にぎ》っていた碁石《ごいし》をばらりと撒《ま》くと、泣きじゃくりをしていた八っちゃんは急に泣きやんで、ばあやの膝《ひざ》からすべり下りてそれをおもちゃにし始めた。ばあやはそれを見ると、

「そうそうやっておとなにお遊びなさいよ。ばあやは八っちゃんのおちゃんちゃん*2を急いで縫《ぬ》いあげますからね」

といいながら、せっせと縫《ぬ》い物《もの》をはじめた。

僕はその時、白い石で兎《うさぎ》を、黒い石で亀《かめ》を作ろうとした。亀のほうは出来たけれども、兎のほうはあんまり大きく作ったので、片方の耳の先が足りなかった。もう十ほどあればうまく出来上がるんだけれども、八っちゃんが持っていってしまったんだからしかたがない。

「八っちゃん十だけ白い石くれない？」

といおうとしてふっと八っちゃんの方に顔を向けたが、縁側《えんがわ》の方を向いて碁石《ごいし》をおもちゃにしている八っちゃんを見たら、口をきくのが変になった。今喧嘩《けんか》したばかりだから、僕から何かいい出してはいけなかった。だからしかたなしに僕は兎《うさぎ》をくずしてしまって、

もう少し小さく作りなおそうとした。でもそうすると亀《かめ》のほうが大きくなり過ぎて、兎*3が居眠《いねむ》りしないでも亀のほうがかけっこに勝ちそうだった。だから困っちゃった。

僕はどうしても八っちゃんに足らない碁石《ごいし》をくれろといいたくなった。八っちゃんはまだ三つですぐ忘れるから、そういったらさっきのように丸い握《にぎ》り拳《こぶし》だけうんと手をのばしてくれるかもしれないと思った。

「八っちゃん」

といおうとして僕はその方を見た。

そうしたら八っちゃんはばあやのお尻《しり》の所で遊んでいたが真っ赤な顔になって、眼《め》にいっぱい涙をためて、口を大きく開いて、手と足とを一生懸命《けんめい》にばたばたと動かしていた。僕は始め清正公様《せいしょうこうさま》*4にいるかったい*5の乞食《こじき》がお金をねだる真似《まね》をしているのかと思った。それでもあのおしゃべりの八っちゃんが口をきかないのが変だった。おまけに見ていると、両手を口のところにもって行って、無理に口の中に入れようとしたりした。なんだかふざけているのではなく、本気の本気らしくなって来た。しまいには眼を白くしたり黒くしたりして、げえげえと吐《は》きはじめた。

僕は気味《きみ》が悪くなって来た。八っちゃんが急に怖《こわ》い病気になったんだと思いだした。僕は大きな声で、

「ばあや……ばあや……八っちゃんが病気になったよう」

と怒鳴《どな》ってしまった。そうしたらばあやはすぐ自分のお尻《しり》の方をふり向いたが、八っちゃんの肩に手をかけて自分の方に向けて、急に慌《あわ》てて後ろから八っちゃんを抱いて、

「あら八っちゃんどうしたんです。口をあけてごらんなさい。口をですよ。こっちを、明るい方を向いて……ああ碁石《ごいし》を呑《の》んだじゃないの」

というと、握《にぎ》り拳《こぶし》をかためて、八っちゃんの背中を続けさまにたたきつけた。

「さあ、かーっといってお吐《は》きなさい……それもう一度……どうしようねえ……八っちゃん、吐くんですよう」

ばあやは八っちゃんをかっきり膝《ひざ》の上に抱き上げてまた背中をたたいた。僕はいつ来たとも知らぬうちにばあやの側《そば》に来て立ったままで八っちゃんの顔を見下ろしていた。八っちゃんの顔は血が出るほど紅《あか》くなっていた。ばあやはどもりながら、

「兄さんあなた、早くいって水を一杯《いっぱい》……」

僕は皆《みな》まで聞かずに縁側《えんがわ》に飛び出して台所の方に駈《か》けて行った。水を飲ませさえすれば八っちゃんの病気はなおるにちがいないと思った。そうしたらばあやが後ろからまた呼びかけた。

「兄さん水は……早くお母さんの所にいって、早く来てくださいと……」

僕は台所の方に行くのをやめて、今度《こんど》は一生懸命《けんめい》でお茶《ちゃ》の間《ま》の方に走った。

お母さんも障子《しょうじ》をあけはなして日なたぼっこをしながら静かに縫《ぬ》い物《もの》をしていらしった。その側《そば》で鉄瓶《てつびん》のお湯がいい音をたてて煮《に》えていた。

僕にはそこがそんなに静かなのが変に思えた。八っちゃんの病気はもうなおっているのかも知れないと思った。けれども心のうちはかけっこをしている時みたいにどきんどきんしていて、うまく口がきけなかった。

「お母さん……お母さん……八っちゃんがね……こうやっているんですよ……ばあやが早く来てって」

といって八っちゃんのしたとおりの真似《まね》を立ちながらして見せた。お母さんは少しだるそうな眼《め》をして、にこにこしながら僕を見たが、僕を見ると急に二つに折っていた背中をまっすぐになさった。

「八っちゃんがどうかしたの」

僕は一生懸命真面目《けんめいまじめ》になって、

「うん」

と思い切り頭を前の方にこくりとやった。

「うん……八っちゃんがこうやって……病気になったの」

僕はもう一度前と同じ真似《まね》をした。お母さんは僕を見ていて思わず笑おうとなさったが、すぐ心配そうな顔になって、大急ぎで頭にさしていた針《はり》を抜いて針さしにさして、慌《あわ》てて立ち上がって、前かけの糸くずを両手ではたきながら、僕のあとからばあやのいる方に駈《か》けていらしった。

「ばあや……どうしたの」

お母さんは僕を押しのけて、ばあやの側《そば》に来てこうおっしゃった。

「八っちゃんがあなた……碁石《ごいし》でもお呑《の》みになったんでしょうか……」

「お呑みになったんでしょうかもないもんじゃないか」

お母さんの声は怒った時の声だった。そしていきなりばあやからひったくるように八っちゃんを抱き取って、自分が苦しくってたまらないような顔をしながら、ばたばた手足を動かしている八っちゃんをよく見ていらしった。

「象牙《ぞうげ》のお箸《はし》を持ってまいりましょうか……それで喉《のど》を撫《な》でますと……」ばあやがそういうかいわぬに、

「刺《とげ》がささったんじゃあるまいし……兄さんあなた早く行って水を持っていらっしゃい」

と僕の方をごらんになった。ばあやはそれを聞くと立ち上がったが、僕はばあやが八っちゃんをそんなにしたように思ったし、用は僕がいいつかったのだから、ばあやの走るのをつき抜けて台所に駈《か》けつけた。けれども茶碗《ちゃわん》を探《さが》してそれに水を入れるのはばあやのほうが早かった。僕は口惜《くや》しくなってばあやにかぶりついた。

「水は僕が持ってくんだい。お母さんは僕に水を……」

「それどころじゃありませんよ」

とばあやは怒《おこ》ったような声を出して、僕がかかって行くのを茶碗《ちゃわん》を持っていないほうの手で振りはらって、八っちゃんの方にいってしまった。僕はばあやがあんなに力があるとは思わなかった。僕は、

「僕だい僕だい水は僕が持って行くんだい」

と泣きそうに怒《おこ》って追っかけたけれども、ばあやがそれをお母さんの手に渡すまでばあやに追いつくことが出来なかった。僕はばあやが水をこぼさないでそれほど早く駈《か》けられるとは思わなかった。

お母さんはばあやから茶碗《ちゃわん》を受け取ると八っちゃんの口の所にもって行った。半分ほど襟頸《えりくび》に水がこぼれたけれども、それでも八っちゃんは水が飲めた。八っちゃんはむせて、苦しがって、両手で胸の所を引っかくようにした。懐《ふところ》の所に僕がたたんでやった「だまかし船《ふね》」が半分顔を出していた。僕は八っちゃんが本当にかわいそうでたまらなくなった。あんなに苦しめばきっと死ぬにちがいないと思った。死んじゃいけないけれどもきっと死

ぬにちがいないと思った。

今まで口惜《くや》しがっていた僕は急に悲しくなった。お母さんの顔が真《ま》っ蒼《さお》で、手がぶるぶる震《ふる》えて、八っちゃんの顔が真《ま》っ紅《か》で、ちっとも八っちゃんの顔みたいでないのを見たら、一人ぼっちになってしまったようで、我慢《がまん》のしようもなく涙が出た。

お母さんは僕がべそをかき始めたのに気もつかないで、夢中《むちゅう》になって八っちゃんの世話をしていなさった。ばあやは膝《ひざ》をついたなりで覗《のぞ》きこむように、お母さんと八っちゃんの顔とのくっつき合っているのを見おろしていた。

そのうちに八っちゃんが胸にあてがっていた手を放《はな》して驚いたような顔をしたと思ったら、いきなりいつもの通りな大きな声を出してわーっと泣き出した。お母さんは夢中《むちゅう》になって八っちゃんをだきすくめた。ばあやはせきこんで、

「通りましたね、まあよかったこと」

といった。きっと碁石《ごいし》がお腹《なか》の中にはいってしまったのだろう。お母さんも少し安心なさったようだった。僕は泣きながらも、お母さんを見たら、その眼《め》に涙がいっぱいたまっていた。

その時になってお母さんは急に思い出したように、ばあやにお医者さんに駈《か》けつけるようにとおっしゃった。ばあやはぴょこぴょこと幾度《いくど》も頭を下げて、前垂《まえだ》れ*6で、顔をふきふ

き立って行った。

　泣きわめいている八っちゃんをあやしながら、お母さんはきつい眼《め》をして、僕に早く碁《ご》石《いし》をしまえとおっしゃった。僕は叱《しか》られたような、悪いことをしていたような気がして、大急ぎで、碁石を白も黒もかまわず入れ物にしまってしまった。

　八っちゃんは寝床《ねどこ》の上にねかされた。どこも痛くはないと見えて、泣くのをよそうとしては、また急に何か思い出したようにわーっと泣き出した。お母さんはそのたんびに胸が痛むような顔をなさった。そして、

「さあもういいのよ八っちゃん。どこも痛くはありませんわ。弱いことそんなに泣いちゃあ。かあちゃんがおさすりしてあげますからね、泣くんじゃないの。……あの兄さん」

　といって僕を見なすったが、僕がしくしくと泣いているのに気がつくと、

「まあ兄さんも弱虫ね」

　といいながらお母さんも泣き出しなさった。それだのに泣くのを僕に隠《かく》して泣かないようなふうをなさるんだ。

「兄さん泣いてなんぞいないで、おざぶとんをここに一つ持って来てちょうだい」

　とおっしゃった。僕はお母さんが泣くので、泣くのを隠《かく》すので、なお八っちゃんが死ぬんではないかと心配になってお母さんのおっしゃるとおりにしたら、ひょっとして八っち

ゃんが助かるんではないかと思って、すぐざぶとんを取りに行って来た。

お医者さんは、白い鬚《ひげ》のほうのではない、金縁《きんぶち》の眼《め》がねをかけたほうのだった。その若いお医者さんが八っちゃんのお腹《なか》をさすったり、手くびを握《にぎ》ったりしながら、心配そうな顔をしてお母さんと小さな声でお話をしていた。お医者の帰った時には、八っちゃんは泣きづかれにつかれてよく寝てしまった。

お母さんはそのそばにじっと坐《すわ》っていた。八っちゃんは時々怖《こわ》い夢でも見ると見えて、急に泣き出したりした。

その晩は僕はばあやと寝た。そしてお母さんは八っちゃんのそばに寝なさった。ばあやが時々起きて八っちゃんの方に行くので、せっかく眠りかけた僕は幾度《いくど》も眼《め》をさました。八っちゃんがどんなになったかと思うと、僕は本当に淋《さび》しく悲しかった。

時計が九つ打っても僕は寝られなかった。寝られないなあと思っているうちに、ふっと気が付いたらもう朝になっていた。いつのまに寝てしまったんだろう。

「兄さん眼《め》がさめて」

そういうやさしい声が僕の耳許《みみもと》でした。お母さんの声を聞くと僕の体はあたたかになる。僕は眼をぱっちり開いて嬉《うれ》しくって、思わずねがえりをうって声のする方に向いた。そこにお母さんがちゃんと着がえをして、頭を綺麗《きれい》に結《い》って、にこにことして僕を見つめていらしった。

「およろこび、八っちゃんがね、すっかりよくなってよ。夜中にお通《つう》じがあったから碁石《ごいし》が出て来たのよ。……でも本当に怖《こわ》いから、これから兄さんも碁石だけはおもちゃにしないでちょうだいね。兄さん……八っちゃんが悪かった時、兄さんは泣いていたのね。もう泣かないでもいいことになったのよ。今日《きょう》こそあなたがたに一番すきなお菓子《かし》をあげましょうね。さ、お起き」

といって僕の両脇《りょうわき》に手を入れて、抱き起こそうとなさった。僕はくすぐったくってたまらないから、大きな声を出してあははあはははと笑った。

「八っちゃんが眼《め》をさましますよ、そんな大きな声をすると」

といってお母さんはちょっと真面目《まじめ》な顔をなさったが、すぐそのあとからにこにこして僕の寝間着《ねまき》を着かえさせてくださった。

（一九二一年一月）

僕《ぼく》の帽子《ぼうし》のお話《はなし》

「僕《ぼく》の帽子《ぼうし》はおとうさんが東京から買って来てくださったのです。ねだんは二円八十銭《せん》で、かっこうもいいし、らしゃ*1も上等です。おとうさんが大切にしなければいけないとおっしゃいました。僕もその帽子が好きだから大切にしています。夜は寝る時にも手に持って寝ます」

綴《つづ》り方《かた》*2の時にこういう作文を出したら、先生がみんなにそれを読んで聞かせて、「寝る時にも手に持って寝ます。寝る時にも手に持って寝ます」と二度そのところを繰《く》り返してわはははとお笑いになりました。みんなも、先生が大きな口をあいてお笑いになるのを見ると、一緒になって笑いました。僕もおかしくなって笑いました。そうしたらみんながなおのこと笑いました。

その大切な帽子《ぼうし》がなくなってしまったのですから僕は本当に困りました。いつもの通り「ごきげんよう」をして、本の包みを枕《まくら》もとにおいて、帽子のぴかぴか光る庇《ひさし》をつまんで寝たことだけはちゃんと覚えているのですが、それがどこへか見えなくなったのです。

眼《め》をさましたら本の包みはちゃんと枕《まくら》もとにありましたけれども、帽子《ぼうし》はありませんでした。僕は驚いて、半分寝床《ねどこ》から起き上がって、あっちこっちを見廻《みまわ》しました。おとうさんもおかあさんも、なんにも知らないように、僕のそばでよく寝ていらっしゃいます。僕はおかあさんを起こそうかとちょっと思いましたが、おかあさんが「お前さんお寝ぼけね、ここにちゃあんとあるじゃありませんか」といいながら、わけなく見付けだしでもなさると、少し恥ずかしいと思って、起こすのをやめて、かいまき[*3]の袖《そで》をまくり上げたり、枕の近所を探《さが》してみたりしたけれども、やっぱりありません。よく探してみたらすぐ出て来るだろうと初めのうちは思って、それほど心配はしなかったけれども、いくらそこいらを探しても、どうしても出て来ようとはしないので、だんだん心配になって来て、しまいには喉《のど》が干《ひ》からびるほど心配になってしまいました。寝床の裾《すそ》の方もまくって見ました。もしや手に持ったままで帽子のありかを探しているのではないかと思って、両手を眼の前につき出して、手《て》の平《ひら》と手の甲《こう》と、指の間とをよく調べてもみました。ありません。僕は胸がどきどきして来ました。

　昨日《きのう》買っていただいた読本《とくほん》の字引き[*4]が一番大切で、その次に大切なのは帽子《ぼうし》なんだから、僕は悲しくなりだしました。涙が眼《め》にいっぱいたまって来ました。僕は「泣いたって駄目《だめ》だよ」と涙を叱《しか》りつけながら、そっと寝床《ねどこ》を抜け出して本棚《ほんだな》の所に行って上から下までよく見ましたけれども、帽子らしいものは見えません。僕は本当に困ってしまいました。

「帽子《ぼうし》を持って寝たのは一昨日《おととい》の晩で、昨夜はひょっとするとそうするのを忘れたのかも知れない」とふとその時思いました。そう思うと、持って寝たようでもあり、持つのを忘れて寝たようでもあります。「きっと忘れたんだ。そんなら中《なか》の口《くち》＊5におき忘れてあるんだ。そうだ」僕は飛び上がるほど嬉《うれ》しくなりました。中の口の帽子かけに庇《ひさし》のぴかぴか光った帽子が、知らん顔をしてぶら下がっているんだ。なんのこったと思うと、僕はひとりでにおもしろくなって、襖《ふすま》をがらっと勢《いきお》いよく開けましたが、その音におとうさんやおかあさんが眼《め》をおさましになると大変だと思って、後ろをふり返って見ました。物音にすぐ眼のさめるおかあさんも、その時にはよく寝ていらっしゃいました。僕はそうっと襖をしめて、中の口の方に行きました。いつでもそこの電灯は消してあるはずなのに、その晩ばかりは昼のように明るくなっていました。なんでもよく見えました。中の口の帽子かけには、おとうさんの帽子の隣《とな》りに、僕の帽子が威張《いば》りくさってかかっているに違いないとは思いましたが、なんだかやはり心配で、僕はそこに行くまで、なるべくそっちの方を向きませんでした。そしてしっかりその前に来てから、「ばあ」をするように、急に上を向いて見ました。おとうさんの茶色の帽子だけが知らん顔をしてかかっていました。あるに違いないと思っていた僕の帽子はやはりそこにもありませんでした。僕はせかせかした気持ちになって、あっちこっちを見廻《みまわ》しました。

そうしたら中《なか》の口《くち》の格子戸《こうしど》に黒いものが挟《はさ》まっているのを見つけ出しました。電灯の光でよく見ると、驚いたことにはそれが僕の帽子《ぼうし》らしいのです。僕は夢中《むちゅう》になって、そこにあった草履《ぞうり》をひっかけて飛び出しました。そして格子戸を開けて、ひしゃげた帽子を拾《ひろ》おうとしたら、不思議にも格子戸がひとりでに音もなく開いて、帽子がひょいと往来《おうらい》の方へ転《ころ》がり出しました。格子戸のむこうには雨戸《あまど》が締《し》まっているはずなのに、今夜《こんや》に限ってそれも開いていました。けれども僕はそんなことを考えてはいられませんでした。帽子がどこかに見えなくならないうちにと思って、慌《あわ》てて僕も格子戸のあきまから駈《か》け出しました。見ると帽子は投げられた円盤《えんばん》のように二、三間《げん》先をくるくるとまわって行きます。風も吹いていないのに不思議なことでした。僕はなにしろ一生懸命《けんめい》に駈け出して帽子に追いつきました。まあよかったと安心しながら、それを拾おうとすると、帽子は上手《じょうず》に僕の手からぬけ出して、ころころと二、三間先に転がって行くではありませんか。僕は大急ぎで立ち上がってまたあとを追いかけました。そんなふうにして、帽子は僕につかまりそうになると、二間《けん》転がり、三間《けん》転がりして、どこまでも僕から逃げのびました。

四《よ》つ角《かど》の学校の、道具を売っているおばさんの所まで来ると帽子《ぼうし》のやつ、そこに立ち止まって、独楽《こま》のように三、四遍《へん》横まわりをしたかと思うと、調子をつけるつもりかちょっと飛び上がって、地面に落ちるや否《いな》や学校の方を向いて驚くほど早く走りはじめました。みるみる歯医者の家《うち》の前を通り過ぎて、始終《しじゅう》僕達をからかう小僧《こぞう》のいる酒屋《さかや》の天水桶《てんすいおけ》*6に飛び乗って、そこでまたきりきり舞いをして桶《おけ》のむこうに落ちたと思うと、今度《こんど》は斜《はす》むこうの三軒長屋《さんげんながや》*7の格子《こうし》窓《まど》の中ほどの所を、風に吹きつけられたようにかすめて通って、それからまた往来《おうらい》の上を人通りがないのでいい気になって走ります。僕も帽子の走るとおりを、右に行ったり左に行ったりしながら追いかけました。夜のことだからそこいらは気味《きみ》の悪いほど暗いのだけれども、帽子だけははっきりとしていて、徽章《きしょう》*8までちゃんと見えていました。それだのに帽子はどうしてもつかまりません。始めのうちはおもしろくも思いましたが、そのうちに口惜《くや》しくなり、腹が立ち、しまいには情《なさ》けなくなって、泣き出しそうになりました。それでも僕は我慢《がまん》していました。そして、

「おおい、待ってくれえ」

と声を出してしまいました。人間の言葉が帽子《ぼうし》にわかるはずはないとおもいながらも、声を出さずにはいられなくなってしまったのです。そうしたら、どうでしょう、帽子が——その時はもう学校の正門の所まで来ていましたが——急に立ちどまって、こっちを振り向いて、

「やあい、追いつかれるものなら、追いついてみろ」

といいました。確かに帽子《ぼうし》がそういったのです。それを聞くと、僕は「なにくそ」と敗《ま》けない気が出て、いきなりその帽子に飛びつこうとしましたら、帽子も僕も一緒になって

学校の正門の鉄の扉《とびら》をなんの苦《く》もなくつき抜けていました。

あっと思うと僕は梅組《うめぐみ》の教室の中にいました。僕の組は松組《まつぐみ》なのに、どうして梅組にはいりこんだか分かりません。飯本《いいもと》先生が一銭銅貨《いっせんどうか》を一枚皆《みな》に見せていらっしゃいました。

「これを何枚呑《の》むとお腹《なか》の痛みがなおりますか」

とお聞きになりました。

「一枚呑《の》むとなおります」

とすぐ答えたのはあばれ坊主《ぼうず》の栗原《くりはら》です。先生が頭を振られました。

「二枚です」と今度《こんど》はおとなしい伊藤《いとう》が手を挙《あ》げながらいいました。

「よろしい、その通り」

僕は伊藤はやはりよく出来るのだなと感心しました。

おや、僕の帽子《ぼうし》はどうしたろうと、今まで先生の手にある銅貨《どうか》にばかり気を取られていた僕は、ふいに気がつくと、大急ぎでそこらを見廻《みまわ》しました。どこで見失ったか、そこいらに帽子はいませんでした。

僕は慌《あわ》てて教室を飛び出しました。広い野原に来ていました。どっちを見ても短い草ばかり生《は》えた広い野です。真っ暗に曇《くも》った空に僕の帽子《ぼうし》が黒い月のように高くぶら下がっています。とても手も何も届《とど》きはしません。飛行機に乗って追いかけてもそこまでは行けそうにありません。僕は声も出なくなって恨《うら》めしくそれを見つめながら地《じ》だんだを踏むばかりでした。けれどもいくら地だんだを踏んで睨《にら》みつけても、帽子の方は平気な顔をして、そっぽを向いているばかりです。こっちから何かいいかけても返事もしてやらないぞというような意地悪《いじわる》な顔をしています。おとうさんに、帽子が逃げ出して天に登って真っ黒なお月様になりましたといったところが、とても信じてくださりそうはありませんし、明日《あす》からは、帽子なしで学校にも通《かよ》わなければならないのです。こんな馬鹿《ばか》げたことがあるものでしょうか。あれほど大事にかわいがってやっていたのに、帽子はどうして僕をこんなに困らせなければいられないのでしょう。僕はなおなお口惜《くや》しくなりました。そうしたら、また涙という厄介《やっかい》ものが両方の眼《め》からぽたぽたと流れ出して来ました。

野原はだんだん暗くなって行きます。どちらを見ても人っ子一人いませんし、人の家《うち》らしい灯《ひ》の光も見えません。どういうふうにして家に帰れるのか、それさえ分からなくなってしまいました。今までそれは考えてはいないことでした。ひょっとしたら狸《たぬき》が帽子《ぼうし》に化《ば》けて僕をいじめるのではないかしら。狸が化けるなんて、大うそだと思っていたのですが、その時ばかりはどうもそうらしい気がしてしかたがなくなりはじめました。帽子を売っていた東京の店が狸の巣《す》で、おとうさんがばかされていたんだ。狸が僕を山の中に連れこんで行くために第一におとうさんをばかしたんだ。そういえばあの帽子はあんまり僕の気にいるように出来ていました。僕はだんだん気味《きみ》が悪くなってそっと帽子を見上げて見ました。そうしたら真っ黒なお月様のような帽子が小さく丸まった狸のようにも見えました。そうかと思うとやはり僕の大事な帽子でした。

その時遠くの方で僕の名前を呼ぶ声が聞こえはじめました。泣くような声もしました。いよいよ狸《たぬき》の親方《おやかた》が来たのかなと思うと、僕は恐ろしさに背骨がぎゅっと縮《ちぢ》み上がりました。

ふと僕の眼《め》の前に僕のおとうさんとおかあさんとが寝衣《ねまき》のままで、眼を泣きはらしながら、大騒《おおさわ》ぎをして僕の名を呼びながら探《さが》しものをしていらっしゃいます。それを見ると僕は悲しさと嬉《うれ》しさとが一緒になって、いきなり飛びつこうとしましたが、やはりおとうさんもおかあさんも狸《たぬき》の化《ば》けたのではないかと、ふと気が付くと、なんだか薄気味《うすきみ》が悪くなって飛びつくのをやめました。そしてよく二人を見ていました。

おとうさんもおかあさんも僕がついそばにいるのに少しも気がつかないらしく、おかあさんは僕の名を呼びつづけながら、簞笥《たんす》の引き出しを一生懸命《けんめい》に尋《たず》ねていらっしゃるし、おとうさんは涙で曇《くも》る眼鏡《めがね》を拭《ふ》きながら、本棚《ほんだな》の本を片《かた》っ端《ぱし》から取り出して見ていらっしゃいます。そうです、そこには家《うち》にある通りの本棚と簞笥とが来ていたのです。僕はいくらそんな所を探《さが》したって僕はいるものかと思いながら、しばらくは見つけられないのをいいことにして黙《だま》って見ていました。

「どうもあれがこの本の中にいないはずはないのだがな」

とやがておとうさんがおかあさんにおっしゃいます。

「いいえそんな所にはいません。またこの箪笥《たんす》の引き出しに隠《かく》れたなりで、いつのまにか寝込んだに違いありません。月の光が暗いのでちっとも見つかりはしない」

とおかあさんはいらいらするように泣きながらおとうさんに返事をしていられます。

やはりそれは本当のおとうさんとおかあさんでした。それに違いありませんでした。あんなに僕のことを思ってくれるおとうさんやおかあさんがほかにあるはずはないのですもの。僕は急に勇気が出て来て顔じゅうがにこにこ笑いになりかけて来ました。「わっ」といって二人を驚かしてあげようと思って、いきなり大きな声を出して二人の方に走り寄りました。ところがどうしたことでしょう。僕の体は学校の鉄の扉《とびら》をなんの苦《く》もなく通りぬけたように、おとうさんとおかあさんとを空気のように通りぬけてしまいました。僕は驚いて振り返って見ました。おとうさんとおかあさんとは、そんなことがあったのは少しも知らないようにあいかわらず本棚《ほんだな》と箪笥《たんす》とをいじくっていらっしゃいました。僕はもう一度二人の方に進み寄って、二人に手をかけてみました。そうしたら、二人ばかりではなく、本棚までも箪笥まで空気と同じように触《さわ》ることが出来ません。それを知ってか知らないでか、二人は前の通り一生懸命《けんめい》に、泣きながら、しきりと僕の名を呼んで僕を探《さが》していらっしゃいます。僕も声を立てました。だんだん大きく声を立てました。

「おとうさん、おかあさん、僕ここにいるんですよ。おとうさん、おかあさん」

けれども駄目《だめ》でした。おとうさんもおかあさんも、僕のそこにいることは少しも気付かないで、夢中《むちゅう》になって僕のいもしない所を探《さが》していらっしゃるんです。僕は情《なさ》けなくなって本当においおい声を出して泣いてやろうかと思うくらいでした。

そうしたら、僕の心にえらい智慧《ちえ》が湧《わ》いて来ました。あの狸帽子《たぬきぼうし》が天の所でいたずらをしているので、おとうさんやおかあさんは僕のいるのがお分かりにならないんだ。そうだ、あの帽子に化《ば》けている狸おやじを征伐《せいばつ》するよりほかはない。そう思いました。で、僕は空中にぶら下がっている帽子をめがけて飛びついて、それをいじめて白状《はくじょう》させてやろうと思いました。僕は高飛びの身がまえをしました。

「レデー・オン・ゼ・マーク……ゲッセット……ゴー」[*9]

力いっぱい跳《は》ね上がったと思うと、僕の体はどこまでもどこまでも上の方へと登って行きます。おもしろいように登って行きます。とうとう帽子《ぼうし》の所に来ました。僕は力《りき》みかえって帽子をうんと攫《つか》みました。帽子が「痛い」といいました。その拍子《ひょうし》に帽子が天の釘《くぎ》から外《はず》れでもしたのか僕は帽子を攫んだまま、まっさかさまに下の方へと落ちはじめました。

どこまでもどこまでも。もう草原に足がつきそうだと思うのに、そんなこともなく、際限《さいげん》もなく落ちて行きました。だんだんそこいらが明るくなり、かみなりが鳴り、しまいには眼《め》もあけていられないほど、まぶしい火の海の中にはいりこんで行こうとするのです。そこまで落ちたら焼け死ぬほかはありません。帽子が大きな声を立てて、

「助けてくれえ」

と怒鳴《どな》りました。僕は恐ろしくてただうなりました。

僕は誰《だれ》かに身をゆすぶられました。びっくらして眼《め》をあいたら夢でした。雨戸《あまど》を半分開けかけたおかあさんが、僕のそばに来ていらっしゃいました。

「あなたどうかおしかえ、大変にうなされて……お寝ぼけさんね、もう学校に行く時間が来ますよ」

とおっしゃいました。そんなことはどうでもいい。僕はいきなり枕《まくら》もとを見ました。そうしたら僕はやはり後生大事《ごしょうだいじ》に庇《ひさし》のぴかぴか光る二円八十銭《せん》の帽子《ぼうし》を右手で握《にぎ》っていました。

僕はずいぶんうれしくなって、それからにこにことおかあさんの顔を見て笑いました。

（一九二二年六月）

火事《かじ》とポチ

ポチの啼《な》き声《ごえ》で僕《ぼく》は眼《め》がさめた。

眠たくってたまらなかったから、うるさいなとその啼《な》き声《ごえ》を怒《おこ》っている間《ま》もなく、真っ赤な火が眼《め》に映ったので、驚いて両方の眼をしっかり開いて見たら、戸棚《とだな》の中じゅうが火になっているので、二度驚いて飛び起きた。そうしたら僕のそばに寝ているはずのおばあさまが、何か黒い布《きれ》のようなもので、夢中《むちゅう》になって戸棚の火をたたいていた。なんだか知れないけれども僕は、おばあさまのようすが滑稽《こっけい》にも見え、怖《おそ》ろしくも見えて、思わずその方に駆《か》けよった。そうしたらおばあさまは黙《だま》ったままでうるさそうに僕を払いのけておいて、その布《きれ》のようなものをめったやたらに振りまわした。それが僕の手に触《さわ》ったらぐしょぐしょに濡《ぬ》れているのが知れた。

「おばあさま、どうしたの」

と聞いてみた。おばあさまは戸棚《とだな》の中の火の方ばかり見て答えようともしない。僕は火事じゃないかと思った。これが火事というものじゃないかと思った。

ポチが戸の外で気ちがいのように啼《な》いている。

部屋《へや》の中は、障子《しょうじ》も、壁《かべ》も、床の間《とこのま》も、違い棚《ちがいだな》*1も昼間のように明るくなっていた。おばあさまの影法師《かげぼうし》が大きくそれに映って、怪物《ばけもの》か何かのように動いていた。ただおばあさまが僕に一言《ひとこと》も物をいわないのが変だった。急におしになったのだろうか。そしていつものようには僕をかわいがってくれずに、僕が近寄っても邪魔《じゃま》者《もの》あつかいにする。

これはどうしても大変だと僕は思った。僕は夢中《むちゅう》になっておばあさまにかじりつこうとした。そうしたらあんな弱いおばあさまが黙《だま》ったままで、いやというほど僕を払いのけたので僕は襖《ふすま》のところまでけし飛ばされた。

火事なんだ。おばあさまが一人で消そうとしているんだ。それがわかるとおばあさま一人では駄目《だめ》だと思ったから、僕はすぐ部屋《へや》を飛び出して、お父さんとお母さんとが寝ている離《はな》れ*2の所に行って、

「お父さん……お母さん……」

と思いきり大きな声を出した。

僕の部屋《へや》の外で啼《な》いていると思ったポチがいつのまにかそこに来ていて、きゃんきゃんとひどく啼いていた。僕が大きな声を出すか出さないかにお母さんが寝衣《ねまき》のままで飛び出して来た。

「どうしたというの」

とお母さんはないしょ話のような小さな声で、僕の両肩をしっかり押さえて僕に聞いた。

「大変なの……」

「大変なの、僕の部屋《へや》が火事になったよう」といおうとしたが、どうしても「大変なの」きりであとは声が出なかった。

お母さんの手は震《ふる》えていた。その手が僕の手を引いて、僕の部屋《へや》の方に行ったが、開けっぱなしになっている襖《ふすま》の所から火が見えたら、お母さんはいきなり「あれえ」といって、僕の手を振りはなすなり、その部屋に飛び込もうとした。僕はがむしゃらにお母さんにかじりついた。その時お母さんははじめてそこに僕のいるのに気がついたように、うつ向いて僕の耳の所に口をつけて、

「早く早くお父さんをお起こしして……それからお隣《となり》りに行って、……お隣りのおじさんを起こすんです、火事ですって……いいかい、早くさ」

そんなことをお母さんはいったようだった。

そこにお父さんも走って来た。僕はお父さんにはなんにもいわないで、すぐ上がり口《ぐち》に行った。そこは真っ暗だった。裸足《はだし》で土間《どま》に飛び下りて、かけがねをはずして戸を開けることが出来た。すぐ飛び出そうとしたけれども、裸足だと足を怪我《けが》して恐ろしい病気になるとお母さんから聞いていたから、暗闇《くらやみ》の中で手さぐりにさぐったら大きな草履《ぞうり》があったから、誰《だれ》のだか知らないけれどもそれをはいて戸外《そと》に飛び出した。戸外《そと》も真っ暗で寒かっ

た。普段なら気味《きみ》が悪くって、とても夜中にひとりで歩くことなんか出来ないのだけれども、その晩だけはなんともなかった。ただ何かにけつまずいてころびそうなので、思いきり足を高く上げながら走った。僕を悪者《わるもの》とでも思ったのか、いきなりポチが走って来て、吠《ほ》えながら飛びつこうとしたが、すぐ僕だと知れると、僕の前になったりあとになったりして、門の所まで追っかけて来た。そして僕が門を出たら、しばらく僕を見ていたが、すぐ変な啼《な》き声《ごえ》を立てながら家の方に帰っていってしまった。

僕も夢中で駈《か》けた。お隣《とな》りのおじさんの門をたたいて、

「火事だよう」

と二、三度怒鳴《どな》った。その次の家も起こすほうがいいと思って僕は次の家の門をたたいてまた怒鳴った。その次にも行った。その次にも行った。そして自分の家の方を見ると、さっきまで真っ暗だったのに、屋根の下の所あたりから、火がちょろちょろと燃え出していた。ぱちぱちと焚火《たきび》のような音も聞こえていた。ポチの啼《な》き声《ごえ》もよく聞こえていた。

僕の家は町からずっと離《はな》れた高台《たかだい》にある官舎町《かんしゃまち》＊3にあったから、僕が「火事だよう」といって歩いた家はみんな知った人の家だった。あとを振りかえって見ると、二人三人ずつ黒い人影《ひとかげ》が僕の家の方に走って行くのが見える。僕はそれが嬉《うれ》しくって、なおのこと、次の家から次の家へと怒鳴《どな》って歩いた。

二十軒《けん》ぐらいもそうやって怒鳴《どな》って歩いたら、自分の家からはずいぶん遠くに来てしまっていた。すこし気味《きみ》が悪くなって僕は立ちどまってしまった。そしてもう一度家の方を見た。もう火はだいぶ燃え上がって、そこいらの樹《き》や板塀《いたべい》なんかがはっきりと絵に描《か》いたように見えた。風がないので、火はまっすぐに上の方に燃えて、火の子が空の方に高く上がって行った。ぱちぱちという音のほかに、ぱんぱんと鉄砲《てっぽう》をうつような音も聞こえていた。立ちどまってみると、僕の体はぶるぶる震《ふる》えて、膝小僧《ひざこぞう》と下顎《したあご》とががちがち音を立てるかと思うほどだった。急に家が恋《こい》しくなった。おばあさまも、お父さんも、お母さんも、妹や弟たちもどうしているだろうと思うと、もうとてもその先まで怒鳴って歩く気にはなれないで、いきなり来た道を夢中《むちゅう》で走り出した。走りながらも僕は燃え上がる火から眼《め》をはなさなかった。真っ暗ななかに、僕の家だけが焚火《たきび》のように明るかった。顔までがほてってるようだった。何か大きな声でわめき合う人の声がした。そしてポチの気ちがいのように啼《な》く声が。

町の方からは半鐘《はんしょう》*4も鳴らないし、ポンプ*5も来ない。僕はもう家はすっかり焼けてしまうと思った。明日《あす》からは何を食べて、どこに寝るのだろうと思いながら、早くみんなの顔が見たさに一生懸命《けんめい》に走った。

家の少し手前で、僕は一人の大きな男がこっちに走って来るのに遇《あ》った。よく見るとその男は、僕の妹と弟とを両脇《りょうわき》にしっかりとかかえていた。妹も弟も大きな声を出して泣いていた。僕はいきなりその大きな男は人さらいだと思った。官舎町《かんしゃまち》の後ろは山になっていて、大きな森の中の古寺《ふるでら》に一人の乞食《こじき》が住んでいた。僕たちが戦《いくさ》ごっこをしに山に遊びに行って、その乞食を遠くにでも見付けたら最後、大急ぎで、「人さらいが来たぞ」といいながら逃げるのだった。その乞食の人はどんなことがあっても駈《か》けるということをしないで、ぼろを引きずったまま、のそりのそりと歩いていたから、それに捕《とら》えられる気づかいはなかったけれども、遠くの方から僕たちの逃げるのを見ながら、牛のような声でおどかすことがあった。僕たちはその乞食を何よりも怖《こわ》がった。僕はその乞食が妹と弟とをさらって行くのだと思ったのだ。うまいことにはその人は僕のそこにいるのには気がつかないほどあわてていたと見えて、知らん顔をして、僕のそばを通りぬけて行った。僕はその人をやりすごして、少しの間どうしようかと思っていたが、妹や弟のいどころが知れなくなってしまっては大変だと気がつくと、家に帰るのはやめて、大急ぎでその男のあとを追いかけた。その人の足は本当に早かった。はいている大きな草履《ぞうり》が邪魔《じゃま》になって脱《ぬ》ぎ捨《す》てたくなるほどだった。

その人は大きな声で泣きつづけている妹たちを小脇《こわき》にかかえたまま、どんどん石垣《いしがき》のある横町《よこちょう》へと曲がって行くので、僕はだんだん気味《きみ》が悪くなって来たけれども、火事どころの騒《さわ》ぎではないと思って、頬《ほお》かぶりをして尻《しり》をはしょったその人の後ろから、気づかれないようにくっついて行った。そうしたらその人はやがて橋本《はしもと》さんという家の高い石段をのぼり始めた。見るとその石段の上には、橋本さんの人たちが大勢立って、僕の家の方を向いて火事を眺《なが》めていた。そこにその乞食《こじき》らしい人がのぼって行くのだから、僕は少し変だとおもった。そうすると橋本のおばさんが、上からいきなりその男の人に声をかけた。

「あなた帰っていらしったんですか……ひどくなりそうですね」

そうしたら、その乞食らしい人が、

「子供さんたちがけんのん*6だから連れて来たよ。竹男《たけお》さんだけはどこに行ったかどうも見えなんだ」

と妹や弟を軽々《かるがる》とかつぎ上げながらいった。なんだ。乞食じゃなかったんだ。橋本のおじさんだったんだ。僕はすっかり嬉《うれ》しくなってしまって、すぐ石段を上って行った。

「あら、竹男さんじゃありませんか」

と眼早《めばや》く僕を見つけてくれたおばさんがいった。橋本さんの人たちは家じゅうで僕たちを家の中に連れこんだ。家の中には灯火《あかり》がかんかんついて、真っ暗なところを長い間歩いていた僕には大変うれしかった。寒いだろうといって、葛湯《くずゆ》*7をつくったり、丹前《たんぜん》*8を着せたりしてくれた。そうしたら僕はなんだか急に悲しくなった。家にはいってから泣きやんでいた妹たちも、僕がしくしく泣き出すと一緒になって大きな声を出しはじめた。

　僕たちはその家の窓から、ぶるぶる震《ふる》えながら、自分の家の焼けるのを見て夜を明かした。僕たちを おくとすぐまた出かけて行った橋本のおじさんが、びっしょり濡《ぬ》れて、泥《どろ》だらけになって、人ちがいするほど顔がよごれて帰って来たころには、夜がすっかり明けはなれて、僕の家の所からは黒い煙《けむり》と白い煙とが別々になって、よじれ合いながらもくもくと立ちのぼっていた。

「安心なさい。母屋《おもや》は焼けたけれども離《はな》れだけは残って、お父さんもお母さんもみんな怪《け》我《が》はなかったから……そのうちに連れて帰ってあげるよ。今朝《けさ》の寒さは格別だ。この一面の霜《しも》はどうだ」

　といいながら、おじさんは井戸《いど》ばたに立って、あたりを眺《なが》めまわしていた。本当に井戸がわまでが真っ白になっていた。*9

　橋本さんで朝ご飯のごちそうになって、太陽が茂木《もぎ》の別荘《べっそう》の大きな槙《まき》の木の上にのぼったころ、僕たちはおじさんに連れられて家に帰った。

　いつのまに、どこからこんなに来たろうと思うほど大勢の人が喧嘩《けんか》腰《ごし》になって働いていた。どこからどこまで大雨のあとのようにびしょびしょなので、草履《ぞうり》がすぐ重くなって足の裏《うら》が気味悪《きみわる》く濡《ぬ》れてしまった。

離《はな》れに行ったら、これがおばあさまか、これがお父さんか、お母さんかと驚くほどにみんな変わっていた。お母さんなんかは一度も見たことのないような変な衣物《きもの》を着て、髪の毛なんかはめちゃくちゃになって、顔も手もくすぶったようになっていた。僕たちを見るといきなり駈《か》けよって来て、三人を胸のところに抱きしめて、顔を僕たちの顔にすりつけてむせるように泣きはじめた。僕たちはすこし気味《きみ》が悪く思ったくらいだった。

変わったといえば家の焼《や》け跡《あと》の変わりようもひどいものだった。黒こげの材木が、積み木をひっくり返したように重なりあって、そこから煙《けむり》がくさいにおいと一緒にやって来た。そこいらが広くなって、なんだかそれを見るとお母さんじゃないけれども涙が出てきそうだった。

半分焦《こ》げたり、びしょびしょに濡《ぬ》れたりした焼け残りの荷物と一緒に、僕たち六人は小さな離《はな》れで暮らすことになった。ご飯は三度三度官舎《かんしや》の人たちが作って来てくれた。熱い握《にぎ》り飯《めし》はうまかった。胡麻《ごま》のふってあるのや、中から梅干《うめぼ》しの出てくるのや、海苔《のり》でそとが包んであるのや……こんなおいしいご飯を食べたことはないと思うほどだった。

火は泥棒《どろぼう》がつけたのらしいということがわかった。井戸《いど》のつるべ縄《なわ》が切ってあって水を汲《く》むことが出来なくなっていたのと、短刀が一本火に焼けて焼《や》け跡《あと》から出て来たので、泥棒でもするような人のやったことだと警察の人が来て見込みをつけた。それを聞いてお母さんはようやく安心が出来たといった。お父さんは二、三日の間、毎日警察に呼び出されて、始終《しじゆう》腹を立てていた。おばあさまは、自分の部屋《へや》から火事が出たのを見つけ出した時は、あんまり仰天《ぎようてん》して口がきけなくなったのだそうだけれども、火事がすむとやっと物がいえるようになった。そのかわり、少し病気になって、狭《せま》い部屋の片隅《かたすみ》に床《とこ》を取ってねたきりになっていた。

僕たちは、火事のあった次の日からは、いつもの通りの気持ちになった。それぱかりではない、かえって普段よりおもしろいくらいだった。毎日三人で焼《や》け跡《あと》に出かけていって、人足《にんそく》の人なんかに邪魔《じやま》だ、あぶないといわれながら、いろいろなものを拾《ひろ》い出して、銘々《めいめい》で見せあったり、取りかえっこをしたりした。

火事がすんでから三日目に、朝眼《め》をさますとおばあさまがあわてるようにポチはどうしたろうとお母さんに尋《たず》ねた。おばあさまはポチがひどい目にあった夢を見たのだそうだ。あの犬が吠《ほ》えてくれたばかりで、火事が起こったのを知ったので、もしポチが知らしてくれなければ焼け死んでいたかも知れないとおばあさまはいった。

そういえば本当にポチはいなくなってしまった。朝起きた時にも、焼《や》け跡《あと》に遊びに行ってる時にも、なんだか一つ足らないものがあるようだったが、それはポチがいなかったんだ。僕がおこしに行く前に、ポチは離《はな》れに来て、雨戸《あまど》をがりがり引《ひ》っ掻《か》きながら、悲しそうに吠《ほ》えたので、お父さんもお母さんも眼《め》をさましていたのだとお母さんもいった。そんな忠義《ちゅうぎ》なポチがいなくなったのを、僕たちはみんな忘れてしまっていたのだ。ポチのことを思い出したら、僕は急に淋《さび》しくなった。ポチは、妹と弟とをのければ、僕の一番好きな友達なんだ。居留地《きょりゅうち》*10に住んでいるお父さんの友達の西洋人《せいようじん》がくれた犬で、耳の長い、尾のふさふさした大きな犬。長い舌《した》を出してぺろぺろと僕や妹の頸《くび》の所をなめて、くすぐったがらせる犬、喧嘩《けんか》ならどの犬にだって負けない犬、めったに吠えない犬、吠えると人でも馬でも怖《こわ》がらせる犬、僕たちを見るときっと笑いながら駈《か》けつけて来て飛びつく犬、芸当はなんにも出来ないくせに、なんだかかわいい犬、芸当をさせようとすると、恥ずかしそうに横を向いてしまって、大きな眼を細くする犬。どうして僕はあの大事な友達がいなくなったのを今日《きょう》まで思い出さずにいたろうと思った。

僕は淋《さび》しいばかりじゃない、口惜《くや》しくなった。妹と弟にそういって、すぐポチを探《さが》しはじめた。三人で手分けをして庭《にわ》に出て、大きな声で「ポチ……ポチ……ポチ来《こ》い来い」と呼んで歩いた。官舎町《かんしゃまち》を一軒《いっけん》一軒聞いて歩いた。ポチが来てはいませんか。いません。どこかで見ませんでしたか。見ません。どこでもそういう返事だった。僕たちは腹もすかなくなってしまった。ご飯だといって、女中が呼びに来たけれども帰らなかった。茂木《もぎ》の別《べっ》荘《そう》の方から、乞食《こじき》の人が住んでいる山の森の方へも行った。そして時々大きな声を出してポチの名を呼んでみた。そして立ちどまって聞いていた。大急ぎで駈《か》けて来るポチの足音が聞こえやしないかと思って。けれどもポチの姿も、足音も、啼《な》き声《ごえ》も聞こえては来なかった。

「ポチがいなくなってかわいそうねえ。殺されたんだわ。きっと」

と妹は、淋《さび》しい山道に立ちすくんで泣き出しそうな声を出した。本当にポチが殺されるか盗《ぬす》まれでもしなければいなくなってしまうわけがないんだ。でもそんなことがあってたまるものか。あんなに強いポチが殺される気づかいはめったにないし、盗もうとする人が来たら嚙《か》みつくに決まっている。どうしたんだろうなあ。いやになっちまうなあ。……僕は腹が立って来た。そして妹にいってやった。

「もとはっていえばお前が悪いんだよ。お前がいつか、ポチなんていやな犬、あっち行けっていったじゃないか」

「あら、それは冗談《じょうだん》にいったんだわ」

「冗談だっていけないよ」

「それでポチがいなくなったんじゃないことよ」

「そうだい……そうだい。それじゃなぜいなくなったんだか知ってるかい……そうれみろ」

「あっちに行けっていったって、ポチはどこにも行きはしなかったわ」

「そうさ。それはそうさ……ポチだってどうしようかって考えていたんだい」

「でも兄《にい》さんだってポチをぶったことがあってよ」

「ぶちなんてしませんよだ」

「いいえ、ぶってよ本当に」

「ぶったっていいやい……ぶったって」

ポチが僕の汽車のおもちゃをめちゃくちゃに毀《こわ》したから、ポチがきゃんきゃんというほどぶったことがあった。……それを妹にいわれたら、なんだかそれがもとでポチがいなくなったようにもなって来た。でも僕はそう思うのはいやだった。どうしても妹が悪いんだと思った。妹が憎《にく》らしくなった。

「ぶったって僕はあとでかわいがってやったよ」

「私だってかわいがってよ」

妹が山の中でしくしく泣き出した。そうしたら弟まで泣き出した。僕も一緒に泣きたくなったけれども、口惜《くや》しいから我慢《がまん》していた。

なんだか山の中に三人きりでいるのが急に怖《こわ》いように思えて来た。

そこへ女中が僕たちを探《さが》しに来て、家では僕たちが見えなくなったので心配しているから早く帰れといった。女中を見たら妹も弟も急に声を張り上げて泣き出した。僕もとうとうむやみに悲しくなって泣き出した。そして女中に連れられて家に帰って来た。

「まああなたがたはどこをうろついていたんです、ご飯も食べないで……そして三人ともそんなに泣いて……」

とお母さんは本当に怒《おこ》ったような声でいった。そして握《にぎ》り飯《めし》を出してくれた。それを見たら急に腹がすいて来た。今まで泣いていて、すぐそれを食べるのは少し恥ずかしかったけれども、すぐ食べはじめた。

そこに、焼《や》け跡《あと》で働いている人足《にんそく》が来て、ポチが見つかったと知らせてくれた。僕たちもだったけれども、おばあさまやお母さんまで、大騒《おおさわ》ぎをして「どこにいました」と尋《たず》ねた。

「ひどい怪我《けが》をして物置きのかげにいました」

と人足の人はいって、すぐ僕たちを連れていってくれた。僕は握《にぎ》り飯《めし》をほうり出して、手についてるご飯粒《はんつぶ》を衣物《きもの》で払い落としながら、大急ぎでその人のあとから駈《か》け出した。妹や弟も負けず劣《おと》らずついて来た。

半焼けになった物置きが平べったく倒れている、その後ろに三、四人の人足がかこんでいた、僕たちを迎えに来てくれた人足はその仲間の所にいって、「おい、ちょっとそこをどきな」といったらみんな立ち上がった。そこにポチがまるまって寝ていた。

僕たちは夢中《むちゅう》になって「ポチ」と呼びながら、ポチのところに行った。ポチは身動きもしなかった。僕たちはポチを一目見て驚いてしまった。体じゅうを火傷《やけど》したと見えて、ふさふさしていた毛がところどころ狐色《きつねいろ》に焦《こ》げて、泥《どろ》がいっぱいこびりついていた。そして頭や足には血が真っ黒になってこびりついていた。ポチだかどこの犬だか分からないほどきたなくなっていた、駈《か》けこんでいった僕は思わずあとしざりした。ポチは僕たちの来たのを知ると、少し頭を上げて血走った眼《め》で悲しそうに僕たちの方を見た。そして前脚《まえあし》を動かして立とうとしたが、どうしても立てないで、そのままねころんでしまった。

「かわいそうに、落ちて来た材木で腰《こし》っ骨《ぽね》でもやられたんだろう」

「なにしろ一晩じゅうきゃんきゃんいって火のまわりを飛び歩いていたから、疲れもしたろうよ」

「見や、あすこからあんなに血が流れてらあ」

人足《にんそく》たちが口々にそんなことをいった。本当に血が出ていた。左の後脚《あとあし》のつけ根の所から血が流れて、それが地面までこぼれていた。

「いたわってやんねえ」

「おりゃいやだ」

そんなことをいって、人足たちも看病《かんびょう》してやる人はいなかった。僕はなんだか気味《きみ》が悪かったけれども、あんまりかわいそうなので、こわごわ遠くから頭を撫《な》でてやったら、鼻の先を震《ふる》わしながら、眼《め》をつぶって頭をもち上げた。それを見たら僕はきたないのも気味の悪いのも忘れてしまって、いきなりそのそばに行って頭を抱《かか》えるようにしてかわいがってかわいがってやった。なぜこんなかわいい友達を一度でもぶったろうと思って、もうポチがどんなことをしてもぶつなんて、そんなことはしまいと思った。ポチはおとなしく眼をつぶったままで僕の方に頭を寄せかけて来た。体じゅうがぶるぶる震えているのがわかった。

妹や弟もポチのまわりに集まって来た。そのうちにお父さんもお母さんも来た。僕はお父さんを手伝って、バケツで水を運んで来て、きれいな白いきれで静かに泥《どろ》や血を洗い落としてやった。痛い所を洗ってやる時には、ポチはそこに鼻先を持って来て、洗う手を押しのけようとした。

「よしよし静かにしていろ。今きれいにして傷《きず》をなおしてやるからな」

お父さんが人間に物をいうようにやさしい声でこういったりした。お母さんは人に知れないように泣いていた。

よくふざけるポチだったのにもうふざけるなんて、そんなことはちっともしなくなった。

それが僕にはかわいそうだった。体をすっかり拭《ふ》いてやったお父さんが、怪我《けが》がひどいから犬の医者を呼んで来るといって出かけて行った留守《るす》に、僕は妹たちに手伝ってもらって、藁《わら》で寝床《ねどこ》を作ってやった。そしてタオルでポチの体をすっかり拭いてやった。ポチを寝床の上にねかしかえようとしたら、痛いと見えて、はじめてひどい声を出して啼《な》きながら噛《か》みつきそうにした。人夫《にんぷ》たちも親切に世話してくれた。そして板きれでポチのまわりに囲いをしてくれた。冬だから、寒いから、毛が濡《ぬ》れているとずいぶん寒いだろうと思った。

医者が来て薬を塗《ぬ》ったり飲ませたりしてからは、人足《にんそく》たちもお母さんも行ってしまった。弟も寒いからというのでお母さんに連れて行かれてしまった。けれどもお父さんと僕と妹とはポチのそばをはなれないで、じっとそのようすを見ていた。お母さんが女中に牛乳で煮《に》たお粥《かゆ》を持って来させた。ポチは喜んでそれを食べてしまった。火事の晩から三日の間ポチはなんにも食べずにしんぼうしていたんだもの、さぞお粥がうまかったろう。

ポチはじっと丸まって震《ふる》えながら眼《め》をつぶっていた。眼がしらの所が涙で始終濡《しじゅうぬ》れていた。そして時々細く眼をあいて僕たちをじっと見るとまた睡《ねむ》った。

いつのまにか寒い寒い夕方が来た。お父さんがもう大丈夫《だいじょうぶ》だから家にはいろうといったけれども僕ははいるのがいやだった。夜《よ》どおしでもポチと一緒にいてやりたかった。お父さんはしかたなく寒い寒いといいながら一人で行ってしまった。

僕と妹だけがあとに残った。

あんまりよく睡《ね》るので死ぬんではないかと思って、小さな声で「ポチや」というとポチはめんどうくさそうに眼《め》を開いた。そしてすこしだけ尻尾《しっぽ》を振って見せた。

とうとう夜になってしまった。夕ご飯でもあるし、風邪《かぜ》をひくと大変だからといってお母さんが無理に僕たちを連れに来たので、僕と妹とはポチの頭をよく撫《な》でてやって家に帰った。

次の朝に眼《め》をさますと、僕は衣物《きもの》も着かえないでポチの所に行ってみた。お父さんがポチのわきにしゃがんでいた。そして、

「ポチは死んだよ」

といった。ポチは死んでしまった。

ポチのお墓《はか》は今でも、あの乞食《こじき》の人の住んでいた、森の中の寺《てら》の庭《にわ》にあるかしらん。


（一九二二年八月）

小《ちい》さき者《もの》へ

お前たちが大きくなって、一人前《いちにんまえ》の人間に育ち上がった時、――その時までお前たちのパパは生きているかいないか、それは分からないことだが――父の書き残したものを繰《く》り拡《ひろ》げて見る機会があるだろうと思う。その時この小さな書き物もお前たちの眼《め》の前に現われ出るだろう。時はどんどん移って行く。お前たちの父なる私がその時お前たちにどう映るか、それは想像も出来ないことだ。おそらく私が今ここで、過ぎ去ろうとする時代を嗤《わら》い憐《あわ》れんでいるように、お前たちも私の古くさい心持ちを嗤い憐れむのかも知れない。私はお前たちのためにそうあらんことを祈っている。お前たちは遠慮《えんりょ》なく私を踏台《ふみだい》にして、高い遠い所に私を乗り越えて進まなければ間違っているのだ。しかしながらお前たちをどんなに深く愛したものがこの世にいるか、あるいはいたかという事実は、永久にお前たちに必要なものだと私は思うのだ。お前たちがこの書き物を読んで、私の思想の未熟《みじゅく》で頑固《がんこ》なのを嗤《わら》う間にも、私たちの愛はお前たちを暖め、慰《なぐさ》め、励《はげ》まし、人生の可能性をお前たちの心に味覚《みかく》させずにおかないと私は思っている。だからこの書き物を私はお前たちにあてて書く。

お前たちは去年一人の、たった一人のママを永久に失ってしまった。お前たちは生まれるとまもなく、生命に一番大事な養分を奪《うば》われてしまったのだ。お前たちの人生はそこですでに暗い。この間ある雑誌社が「私の母」という小さな感想をかけといって来た時、私はなんの気もなく、「自分の幸福は母が始めから一人で今も生きていることだ」と書いてのけた。そして私の万年筆《まんねんひつ》がそれを書き終えるか終えないに、私はすぐお前たちのことを思った。私の心は悪事でも働いたように痛かった。しかも事実は事実だ。私はその点で幸福だった。お前たちは不幸だ。恢復《かいふく》の途《みち》なく不幸だ。不幸なものたちよ。

暁方《あけがた》の三時からゆるい陣痛《じんつう》が起こり出して不安が家じゅうに拡《ひろ》がったのは今から思うと七年前のことだ。それは吹雪《ふぶき》も吹雪、北海道ですら、めったにはないひどい吹雪の日だった。市街を離《はな》れた川沿いの一《ひと》つ家《や》はけし飛ぶほど揺《ゆ》れ動いて、窓硝子《まどガラス》に吹きつけられた粉雪《こなゆき》は、さらぬだに＊1綿雲《わたぐも》に閉じられた陽《ひ》の光を二重に遮《さえぎ》って、夜の暗さがいつまでも部屋《へや》から退《ど》かなかった。電灯の消えた薄暗《うすぐら》い中で、白いものに包まれたお前たちの母上《ははうえ》は、夢心《ゆめごこ》地《ち》に呻《うめ》き苦しんだ。私は一人の学生と一人の女中とに手伝われながら、火をおこしたり、湯を沸《わ》かしたり、使いを走らせたりした。産婆《さんば》が雪で真っ白になってころげこんで来た時は、家じゅうのものが思わずほっと息気《いき》をついて安堵《あんど》したが、昼になっても昼過ぎになっても出産のもようが見えないで、産婆や看護婦《かんごふ》の顔に、私だけに見える気づかいの色が見え出すと、私はまったく慌《あわ》ててしまっていた。書斎に閉じ籠《こも》って結果を待っていられなくなった。私は産室《さんしつ》に降りていって、産婦《さんぷ》の両手をしっかり握《にぎ》る役目をした。陣痛が起こるたびごとに産婆は叱《しか》るように産婦を励《はげ》まして、一分も早く産を終わらせようとした。しかししばらくの苦痛の後に、産婦はすぐまた深い眠りに落ちてしまった。鼾《いびき》さえかいて安々と何事も忘れたように見えた。産婆も、後から駈《か》けつけてくれた医者も、顔を見合わして吐《と》息《いき》をつくばかりだった。医師は昏睡《こんすい》が来るたびごとに何か非常の手段を用《もち》いようかと案《あん》じているらしかった。

　昼過ぎになると戸外《こがい》の吹雪《ふぶき》はだんだん鎮《しず》まっていって、濃《こ》い雪雲からもれる薄日《うすび》の光が、窓にたまった雪に来てそっと戯《たわむ》れるまでになった。しかし産室《さんしつ》の中の人々にはますます重い不安の雲が蔽《おお》い被《かぶ》さった。医師は医師で、産婆《さんば》は産婆で、私は私で、銘々《めいめい》の不安にとらわれてしまった。その中でなんらの危害をも感ぜぬらしく見えるのは、一番恐ろしい運命の淵《ふち》に臨《のぞ》んでいる産婦と胎児《たいじ》だけだった。二つの生命は昏々《こんこん》として死の方へ眠って行った。

　ちょうど三時と思わしい時に――産気《さんけ》がついてから十二時間目に――夕べを催《もよお》す光の中で、最後と思わしい激《はげ》しい陣痛《じんつう》が起こった。肉の眼《め》で恐ろしい夢でも見るように、産婦《さんぷ》はかっと瞼《まぶた》を開いて、あてどもなく一所《ひとところ》を睨《にら》みながら、苦しげというより、恐ろしげに顔をゆがめた。そして私の上体を自分の胸の上にたくし込んで、背中を羽《は》がいに抱きすくめた。*2もし私が産婦と同じ程度にいきんでいなかったら、産婦の腕は私の胸を押しつぶすだろうと思うほどだった。そこにいる人々の心は思わず総立《そうだ》ちになった。医師と産婆《さんば》は場所を忘れたように大きな声で産婦を励《はげ》ました。

ふと産婦《さんぷ》の握力《あくりょく》がゆるんだのを感じて私は顔をあげて見た。産婆《さんば》の膝許《ひざもと》には血の気《ち け》のない嬰児《えいじ》が仰向《あおむ》けに横たえられていた。産婆は毬《まり》でもつくようにその胸をはげしくたたきながら、葡萄酒《ぶどうしゅ》葡萄酒といっていた。看護婦《かんごふ》がそれを持って来た。産婆は顔と言葉とでその酒を盥《たらい》の中にあけろと命じた。激《はげ》しい芳芬《ほうふん》＊3と同時に盥の湯は血のような色に変わった。嬰児はその中に浸《ひた》された。しばらくしてかすかな産声《うぶごえ》が息気《いき》もつけない緊張《きんちょう》の沈黙《ちんもく》を破《やぶ》って細く響《ひび》いた。

大きな天と地との間に一人の母と一人の子とがその刹那《せつな》に忽如《こつじょ》として現われ出たのだ。その時新《あら》たな母は私を見て弱々しくほほえんだ。私はそれを見るとなんということなしに涙が眼《め》がしらに滲《にじ》み出て来た。それを私はお前たちになんといっていいあらわすべきかを知らない。私の生命全体が涙を私の眼から搾《しぼ》り出したとでもいえばいいのかしらん。その時から生活の諸相《しょそう》がすべて眼の前で変わってしまった。

お前たちのうち最初にこの世の光を見たものは、このようにして世の光を見た。二番目も三番目も、生まれように難易《なんい》の差こそあれ、父と母とに与えた不思議な印象に変わりはない。

こうして若い夫婦《ふうふ》はつぎつぎにお前たち三人の親となった。

私はそのころ心の中にいろいろな問題をあり余《あま》るほど持っていた。そして始終《しじゅう》あくせくしながら何一つ自分を「満足」に近づけるような仕事をしていなかった。何事も独《ひと》りで嚙《か》みしめてみる私の性質として、表面《うわべ》には十人並《な》みな生活を生活していながら、私の心はややともすると突き上げて来る不安にいらいらさせられた。ある時は結婚を悔《く》いた。ある時はお前たちの誕生を悪《にく》んだ。なぜ自分の生活の旗色《はたいろ》をもっと鮮明《せんめい》にしないうちに結婚なぞをしたか。妻のあるために後ろに引きずって行かれねばならぬ重みのいくつかを、なぜ好《この》んで腰につけたのか。なぜ二人の肉欲の結果を天からの賜物《たまもの》のように思わねばならぬのか。家庭の建立《こんりゅう》に費《つい》やす労力と精力とを自分はほかに用《もち》ゆべきではなかったのか。

私は自分の心の乱《みだ》れからお前たちの母上をしばしば泣かせたり淋《さび》しがらせたりした。またお前たちを没義道《もぎどう》*4に取りあつかった。お前たちが少し執念《しゅうね》く泣いたりいがんだりする声を聞くと、私は何か残虐《ざんぎゃく》なことをしないではいられなかった。原稿紙《げんこうし》にでも向かっていた時に、お前たちの母上が、小さな家事上の相談を持って来たり、お前たちが泣き騒《さわ》いだりしたりすると、私は思わず机をたたいて立ち上がったりした。そして後ではたまらない淋しさに襲《おそ》われるのを知りぬいていながら、激《はげ》しい言葉をつかったり、厳《きび》しい折檻《せっかん》をお前たちに加えたりした。

しかし運命が私の我儘《わがまま》と無理解とを罰《ばっ》する時が来た。どうしてもお前たちを子守《こも》りに任《まか》せておけないで、毎晩お前たち三人を自分の枕許《まくらもと》や、左右に臥《ふせ》らして、夜通《よどお》し一人を寝かしつけたり、一人に牛乳を温めてあてがったり、一人に小用《しょうよう》をたさせたりして、ろくろく熟睡《じゅくすい》する暇《ひま》もなく愛の限りを尽《つ》くしたお前たちの母上が、四十一度という恐ろしい熱を出してどっと床《とこ》についた時の驚きもさることではあるが、診察に来てくれた二人の医師が口を揃《そろ》えて、結核《けっかく》の徴候《ちょうこう》があるといった時には、私はただわけもなく青くなってしまった。検痰《けんたん》の結果は医師たちの鑑定《かんてい》を裏書《うらが》きしてしまった。そして四つと三つと二つとになるお前たちを残して、十月末の淋《さび》しい秋の日に、母上は入院せねばならぬ体となってしまった。

私は日中《にっちゅう》の仕事を終わると飛んで家に帰った。そしてお前たちの一人か二人を連れて病院に急いだ。私がその町に住まい始めたころ働いていた剋明《こくめい》な門徒《もんと》[*5]の婆《ばあ》さんが病室の世話《せわ》をしていた。その婆さんはお前たちの姿を見ると隠《かく》し隠し涙を拭《ふ》いた。お前たちは母上を寝台《しんだい》の上に見つけると飛んでいってかじり付こうとした。結核症《けっかくしょう》であるのをまだあかされていないお前たちの母上は、宝を抱きかかえるようにお前たちをその胸に集めようとした。私はいいかげんにあしらってお前たちを寝台に近づけないようにしなければならなかった。忠義《ちゅうぎ》をしようとしながら、周囲の人から極端《きょくたん》な誤解《ごかい》を受けて、それを弁解してならない事情に置かれた人の味わいそうな心持ちを幾度《いくど》も味わった。それでも私はもう怒《おこ》る勇気はなかった。引きはなすようにしてお前たちを母上から遠ざけて帰路《きろ》につく時には、たいてい街灯の光が淡《あわ》く道路を照らしていた。玄関をはいると雇人《やといにん》だけが留守《るす》していた。彼らは二、三人もいるくせに、残しておいた赤ん坊のおしめを代えようともしなかった。気持ち悪げに泣き叫ぶ赤ん坊の股《また》の下はよくぐしょ濡《ぬ》れになっていた。

お前たちは不思議に他人になつかない子供たちだった。ようようお前たちを寝かしつけてから私はそっと書斎にはいって調べ物をした。体は疲れて頭は興奮《こうふん》していた。仕事をすまして寝付こうとする十一時前後になると、神経の過敏《かびん》になったお前たちは、夢などを見ておびえながら眼《め》をさますのだった。暁方《あけがた》になるとお前たちの一人は乳《ちち》を求めて泣き出した。それにおこされると私の眼はもう朝まで閉じなかった。朝飯《あさめし》を食うと私は赤い眼をしながら、堅《かた》い心《しん》のようなものの出来た頭を抱《かか》えて仕事をする所に出かけた。

北国には冬がみるみるせまって来た。ある時病院を訪れると、お前たちの母上は寝台《しんだい》の上に起きかえって窓の外を眺《なが》めていたが、私の顔を見ると早く退院がしたいといい出した。窓の外の楓《かえで》があんなになったのを見ると心細《こころぼそ》いというのだ。なるほど入院したてには燃えるように枝を飾《かざ》っていたその葉が一枚も残らず散りつくして、花壇《かだん》の菊《きく》も霜《しも》に傷《いた》められて、萎《しお》れる時でもないのに萎れていた。私はこの淋《さび》しさを毎日見せておくだけでもいけないと思った。しかし母上のほんとうの心持ちはそんな所にはなくって、お前たちから一刻《いっこく》も離《はな》れてはいられなくなっていたのだ。

今日《きょう》いよいよ退院するという日は霰《あられ》の降る、寒い風のびゅうびゅうと吹く悪い日だったから、私は思い止《とど》まらせようとして、仕事をすますとすぐ病院に行ってみた。しかし病室はからっぽで、例の婆《ばあ》さんが、貰《もら》ったものやら、座蒲団《ざぶとん》やら、茶器やらを部屋《へや》の隅《すみ》でごそごそと始末《しまつ》していた。急いで家に帰ってみると、お前たちはもう母上のまわりに集まって嬉《うれ》しそうに騒《さわ》いでいた。私はそれを見ると涙がこぼれた。

知らない間に私たちは離《はな》れられないものになってしまっていたのだ。五人の親子はどんどん押し寄せて来る寒さの前に、小さく固まって身を護《まも》ろうとする雑草の株のように、互いにより添《そ》って暖かみを分かち合おうとしていたのだ。しかし北国の寒さは私たち五人の暖かみではまにあわないほど寒かった。私は一人の病人と頑是《がんぜ》ないお前たちとを労《いた》わりながら旅雁《りよがん》のように南を指《さ》してのがれなければならなくなった。

それは初雪のどんどん降りしきる夜のことだった、お前たち三人を生んで育ててくれた土地をあとにして旅に上《のぼ》ったのは。忘れることの出来ないいくつかの顔は、暗い停車場のプラットフォームから私たちに名残《なごり》を惜《お》しんだ。陰鬱《いんうつ》な津軽海峡《つがるかいきょう》の海の色も後ろになった。東京までついて来てくれた一人の学生は、お前たちの中の一番小さい者を、母のように終《しゅう》夜《や》抱き通していてくれた。そんなことを書けば限りがない。ともかく私たちは幸《さいわ》いに怪我《けが》もなく、二日の物憂《ものう》い旅ののちに晩秋《ばんしゅう》の東京に着いた。

今までいた所とちがって、東京にはたくさんの親類や兄弟《きょうだい》がいて、私たちの母上はほどなくK海岸にささやかな貸《か》し別荘《べっそう》を借りて住むことになり、私たちは近所の旅館に宿を取って、そこから見舞《みま》いに通《かよ》った。一時は病勢《びょうせい》が非常に衰《おとろ》えたように見えた。お前たちと母上と私とは海岸の砂丘《さきゅう》に行って日向《ひなた》ぼっこをして楽しく二、三時間を過ごすまでになった。

どういうつもりで運命がそんな小康《しょうこう》を私たちに与えたのかそれは分からない。しかし彼はどんなことがあっても仕遂《しと》ぐべきことを仕遂げずにはおかなかった。その年が暮れに迫《せま》ったころお前達の母上は仮初《かりそ》めの風邪《かぜ》からぐんぐん悪いほうへ向いて行った。そしてお前たちの中の一人も突然原因の解《わか》らない高熱に侵《おか》された。その病気のことを私は母上に知らせるのに忍《しの》びなかった。病児《びょうじ》は病児で私をしばらくも手放《てばな》そうとはしなかった。お前たちの母上からは私の無沙汰《ぶさた》を責《せ》めて来た。私はついに倒れた。病児と枕《まくら》を並《なら》べて、今まで経験したことのない高熱のために呻《うめ》き苦しまねばならなかった。私の仕事？　私の仕事は私から千里《り》も遠くに離《はな》れてしまった。それでも私はもう私を悔《く》やもうとはしなかった。お前たちのために最後まで戦おうとする熱意が病熱よりも高く私の胸の中で燃えているのみだった。

正月早々悲劇《ひげき》の絶頂が到来《とうらい》した。お前たちの母上は自分の病気の真相を明《あ》かされねばならぬ破目《はめ》になった。そのむずかしい役目を勤《つと》めてくれた医師が帰ってのちの、お前たちの母上の顔を見た私の記憶は一生涯《いっしょうがい》私を駆り立てるだろう。真《ま》っ蒼《さお》な清々《すがすが》しい顔をして枕《まくら》についたまま母上には冷たい覚悟を微笑《びしょう》にいわして静かに私を見た。そこには死に対するResignation*6とともにお前たちに対する根強い執着《しゅうじゃく》がまざまざと刻《きざ》まれていた。それは物《もの》凄《すご》くさえあった。私は悽惨《せいさん》な感じに打たれて思わず眼《め》を伏せてしまった。

いよいよH海岸の病院に入院する日が来た。お前たちの母上は全快しない限りは死ぬともお前たちに逢《あ》わない覚悟の臍《ほぞ》を堅《かた》めていた。二度とは着ないと思われる――そして実際着なかった――晴《は》れ着《ぎ》を着て座を立った母上は内外《ないがい》の母親の眼《め》の前でさめざめと泣き崩《くず》れた。女ながらに気性《きしょう》の勝《すぐ》れて強いお前たちの母上は、私と二人だけいる場合でも泣き顔などは見せたことがないといってもいいくらいだったのに、その時の涙は拭《ふ》くあとからあとから流れ落ちた。その熱い涙はお前たちだけの尊《とうと》い所有物だ。それは今は乾《かわ》いてしまった。大空をわたる雲の一片《いっぺん》となっているか、谷河《たにがわ》の水の一滴《いってき》となっているか、太洋《たいよう》の泡《あわ》の一つとなっているか、または思いがけない人の涙堂《るいどう》に貯《たくわ》えられているかそれは知らない。しかしその熱い涙はともかくもお前たちだけの尊い所有物なのだ。

自動車のいる所に来ると、お前たちのうち熱病の予後《よご》にある一人は、足の立たないために下女《げじょ》に背負われて、――一人はよちよちと歩いて、――一番末《すえ》の子は母上を苦しめ過ぎるだろうという祖父母たちの心づかいから連れて来られなかった――母上を見送りに出て来ていた。お前たちの母上は淋《さび》しくそれを見やっていた。驚きの眼《め》は大きな自動車にばかり向けられていた。お前たちの頑是《がんぜ》ない、驚きの眼は大きな自動車にばかり向けられていた。自動車が動き出すとお前たちは女中に勧《すす》められて兵隊のように挙手《きょしゅ》の礼をした。母上は笑って軽く頭を下げていた。お前たちは母上がその瞬間《しゅんかん》から永久にお前たちを離《はな》れてしまうとは思わなかったろう。不幸なものたちよ。

それからお前たちの母上が最後の息気《いき》を引きとるまでの一年と七ケ月の間、私たちの間には烈《はげ》しい戦いが闘《たたか》われた。母上は死に対して最上の態度を取るために、お前たちに最大の愛を遺《のこ》すために、私をかげんなしに理解するために、私は母上を病魔《びょうま》から救うために、自分に迫《せま》る運命を男らしく肩に担《にな》い上げるために、お前たちは不思議な運命から自分を開放するために、身にふさわない境遇《きょうぐう》の中に自分をはめ込むために、闘った。血まぶれになって闘ったといっていい。私も母上もお前たちも幾度《いくど》弾丸《だんがん》を受け、刀創《きず》を受け、倒れ、起き上がり、また倒れたろう。

お前たちが六つと五つと四つになった年の八月の二日に死が殺到《さっとう》した。死がすべてを圧《あつ》倒《とう》した。そして死がすべてを救った。

お前たちの母上の遺言書《ゆいごんしょ》の中で一番崇高《すうこう》な部分はお前たちに与えられた一節《せつ》だった。もしこの書き物を読む時があったら、同時に母上の遺書《いしょ》も読んでみるがいい。母上は血の涙を泣きながら死んでもお前たちに会わない決心を翻《ひるがえ》さなかった。それは病菌《びょうきん》をお前たちに伝えるのを恐れたばかりではない。またお前たちを見ることによって自分の心の破《やぶ》れるのを恐れたばかりではない。お前たちの清い心に残酷《ざんこく》な死の姿を見せて、お前たちの一生をいやがうえに暗くすることを恐れ、お前たちの伸び伸びて行かなければならぬ霊魂《れいこん》に少しでも大きな傷《きず》を残すことを恐れたのだ。幼児に死を知らせることは無益《むえき》であるばかりでなく有害だ。葬式の時は女中をお前たちにつけて楽しく一日を過ごさしてもらいたい。そうお前たちの母上は書いている。

「子を思う親の心は日の光世《よ》より世を照る大きさに似《に》て」

とも詠《えい》じている。

母上が亡《な》くなった時、お前たちはちょうど信州《しんしゅう》の山の上にいた。もしお前たちの母上の臨終《りんじゅう》にあわせなかったら一生恨《うら》みに思うだろうとさえ書いてよこしてくれたお前たちの叔《お》父上《じうえ》に強《し》いて頼《たの》んで、お前たちを山から帰らせなかった私をお前たちが残酷《ざんこく》だと思う時があるかも知れない。今十一時半だ。この書き物を草《そう》している部屋《へや》の隣《とな》りにお前たちは枕《まくら》を列《なら》べて寝ているのだ。お前たちはまだ小さい。お前たちが私の齢《とし》になったら私のしたことを、すなわち母上のさせようとしたことを価高《あたいたか》く見る時が来るだろう。

私はこの間にどんな道を通って来たろう。お前たちの母上の死によって、私は自分の生きて行くべき大道《だいどう》にさまよい出た。私は自分を愛護《あいご》してその道を踏み迷《まよ》わずに通って行けばいいのを知るようになった。私はかつて一つの創作の中に妻を犠牲《ぎせい》にする決心をした一人の男のことを書いた。事実においてお前たちの母上は私のために犠牲になってくれた。私のように持ち合わした力の使いようを知らなかった人間はない。私の周囲のものは私を一個の小心《しょうしん》な、魯鈍《ろどん》な、仕事の出来ない、憐《あわ》れむべき男と見るほかを知らなかった。私の小心と魯鈍と無能力とを徹底さしてみようとしてくれるものはなかった。それをお前たちの母上は成就《じょうじゅ》してくれた。私は自分の弱さに力を感じ始めた。私は仕事の出来ない所に仕事を見出《みいだ》した。大胆《だいたん》になれない所に大胆を見出した。鋭敏《えいびん》でない所に鋭敏を見出した。言葉を換《か》えていえば、私は鋭敏に自分の魯鈍を見貫《みぬ》き、大胆に自分の小心を認め、労役《ろうえき》して自分の無能力を体験した。私はこの力を以《もっ》て己《おの》れを鞭《むち》うち他《た》を生きることが出来るように思う。お前たちが私の過去を眺《なが》めてみるようなことがあったら、私も無駄《むだ》には生きなかったのを知って喜んでくれるだろう。

雨などが降りくらしてゆううつな気分が家の中にみなぎる日などに、どうかするとお前たちの一人が黙《だま》って私の書斎にはいって来る。そして一言《ひとこと》パパといったぎりで、私の膝《ひざ》によりかかったまましくしくと泣き出してしまう。ああ何がお前たちの頑是《がんぜ》ない眼《め》に涙を要求するのだ。不幸なものたちよ。お前たちが謂《いわ》れもない悲しみにくずれるのを見るにまして、この世を淋《さび》しく思わせるものはない。またお前たちが元気よく私に朝の挨拶《あいさつ》をしてから、母上の写真の前に駈《か》けて行って、「ママちゃんごきげんよう」と快活に叫ぶ瞬間《しゅんかん》ほど、私の心の底までぐざとえぐり通す瞬間はない。私はその時、ぎょっとして無劫《むごう》*7の世界を眼前《がんぜん》に見る。

世の中の人は私の述懐《じゅつかい》を馬鹿《ばか》馬鹿しいと思うに違いない。なぜなら妻の死とはそこにもここにも倦《あ》きはてるほどおびただしくある事柄《ことがら》の一つに過ぎないからだ。そんなことを重大視するほど世の中の人は閑散《かんさん》でない。それは確かにそうだ。しかしそれにもかかわらず、私といわず、お前たちも行く行くは母上の死を何ものにも代えがたく悲しく口惜《くや》しいものに思う時が来るのだ。世の中の人が無頓着《むとんじやく》だといってそれを恥じてはならない。それは恥ずべきことじゃない。私たちはそのありうち*8の事柄の中からも人生の淋《さび》しさに深くぶつかってみることが出来る。小さなことが小さなことでない。大きなことが大きなことでない。それは心一つだ。

なにしろお前たちは見るにいたましい人生の芽生《めば》えだ。泣くにつけ、笑うにつけ、おもしろがるにつけ、淋《さび》しがるにつけ、お前たちを見守る父の心はいたましく傷《きず》つく。

しかしこの悲しみがお前たちと私とにどれほどの強みであるかをお前たちはまだ知るま

い。私たちはこの損失《そんしつ》のおかげで生活に一段と深入りしたのだ。私どもの根はいくらかでも大地に延びたのだ。人生を生きる以上人生に深入りしないものは災《わざわ》いである。

同時に私たちは自分の悲しみにばかり浸《ひた》っていてはならない。お前たちの母上は亡《な》くなるまで、金銭《きんせん》のわずらいからは自由だった。飲みたい薬はなんでも飲むことが出来た。食いたい食物はなんでも食うことが出来た。私たちは偶然な社会組織の結果からこの特権《とっけん》ならざる特権を享楽《きょうらく》した。お前たちのあるものはかすかながらU氏一家のもようを覚えているだろう。死んだ細君《さいくん》から結核《けっかく》を伝えられたU氏があの理智《りち》的な性情《せいじょう》をもちながら、天理《てんり》教《きょう》*9を信じて、そのご祈禱《きとう》で病気を癒《いや》そうとしたその心持ちを考えると、私はたまらなくなる。薬がきくものか祈禱がきくものかそれは知らない。しかしU氏は医者の薬が飲みたかったのだ。しかしそれが出来なかったのだ。U氏は毎日下血《げけつ》*10しながら役所に通《かよ》った。ハンケチを巻きどおしな喉《のど》からはしわがれた声しか出なかった。働けば病気が重《おも》ることは知れきっていた。それを知りながらU氏はご祈禱をたのみにして、老母《ろうぼ》と二人の子供との生活を続けるために、勇《いさ》ましく飽《あ》くまで働いた。そして病気が重《おも》ってから、なけなしの金を出してしてもらった古賀液《こがえき》の注射は、田舎《いなか》の医師の不注意から静脈をはずれて、激烈《げきれつ》な熱を引き起こした。そしてU氏は無資産の老母と幼児とをあとに残してそのために斃《たお》れてしまった。その人たちは私たちの隣《とな》りに住んでいたのだ。なんという運命の皮肉《ひにく》だ。お前たちは母上の死を思い出すとともに、U氏を思い出すことを忘れてはならない。そしてこの恐ろしい溝《みぞ》を埋めるくふうをしなければならない。お前たちの母上の死はお前たちの愛をそこまで拡《ひろ》げさすに十分だと思うから私はいうのだ。

十分人世《じんせい》は淋《さび》しい。私たちはただそういってすましていることが出来るだろうか。お前たちと私とは、血を味わった獣《けもの》のように、愛を味わった。行こう、そして出来るだけ私たちの周囲を淋しさから救うために働こう。私はお前たちを愛した。そして永遠に愛する。それはお前たちから親としての報酬《ほうしゅう》を受けるためにいうのではない。お前たちを愛することを教えてくれたお前たちに私の要求するものは、ただ私の感謝を受け取ってもらいたいということだけだ。お前たちが一人前《いちにんまえ》に育ち上がった時、私は死んでいるかも知れない。一生懸命《けんめい》に働いているかも知れない。老衰《ろうすい》して物の役に立たないようになっているかも知れない。しかしいずれの場合にしろ、お前たちの助けなければならないものは私ではない。お前たちの若々しい力はすでに下《くだ》り坂《ざか》に向かおうとする私などにわずらわされていてはならない。斃《たお》れた親を食《く》い尽《つ》くして力を貯《たくわ》える獅子《しし》の子のように、力強く勇《いさ》ましく私を振り捨《す》てて人生に乗り出して行くがいい。

今時計は夜中を過ぎて一時十五分を指《さ》している。しんと静まった夜の沈黙《ちんもく》の中にお前たちの平和な寝息《ねいき》だけが幽《かす》かにこの部屋《へや》に聞こえて来る。私の眼《め》の前にはお前たちの叔母《おば》が母上にとて贈《おく》られた薔薇《ばら》の花が写真の前に置かれている。それにつけて思い出すのは私があの写真を撮《と》ってやった時だ。その時お前たちの中に一番年たけたものが母上の胎《たい》に宿《やど》っていた。母上は自分でも分からない不思議な望みと恐れとで始終《しじゅう》心をなやましていた。そのころの母上は殊《こと》に美しかった。希臘《ギリシャ》の母の真似《まね》だといって、部屋の中にいい肖像《しょうぞう》を飾《かざ》っていた。その中にはミネルバ[*11]の像や、ゲーテ[*12]や、クロムウェル[*13]や、ナイティンゲール女史[*14]やの肖像があった。その少女じみた野心をその時の私は軽い皮肉《ひにく》の心で観《み》ていたが、今から思うとただ笑い捨《す》ててしまうことはどうしても出来ない。私がお前たちの母上の写真を撮ってやろうといったら、思う存分化粧《けしょう》をして一番の晴《は》れ着《ぎ》を着て、私の二階の書斎にはいって来た。私はむしろ驚いてその姿を眺《なが》めた。母上は淋《さび》しく笑って私にいった。産《さん》は女の出陣だ。いい子を生むか死ぬか、そのどっちかだ。だから死《し》に際《ぎわ》の装《よそお》いをしたのだ。
——その時も私は心なく笑ってしまった。しかし、今はそれも笑ってはいられない。

深夜《しんや》の沈黙《ちんもく》は私を厳粛《げんしゅく》にする。私の前には机を隔《へだ》ててお前たちの母上が坐《すわ》っているようにさえ思う。その母上の愛は遺書《いしょ》にあるようにお前たちを護《まも》らずにはいないだろう。よく眠れ。不可思議《ふかしぎ》な時というものの作用にお前たちを打ち任《まか》してよく眠れ。そうして明日《あす》は昨日《きのう》よりも大きく賢《かしこ》くなって、寝床《ねどこ》の中から跳《おど》り出して来い。私は私の役目をなしとげることに全力を尽《つ》くすだろう。私の一生がいかに失敗であろうとも、また私がいかなる誘惑《ゆうわく》に打ち負けようとも、お前たちは私の足跡《あしあと》に不純な何ものをも見出《みいだ》しえないだけのことはする。きっとする。お前たちは私の斃《たお》れた所から新しく歩《あゆ》み出さねばならないのだ。しかしどちらの方向にどう歩まねばならぬかは、かすかながらにもお前たちは私の足跡から探《さが》し出すことが出来るだろう。

小さき者よ。不幸なそして同時に幸福なお前たちの父と母との祝福《しゅくふく》を胸にしめて人の世の旅に登れ。前途《ぜんと》は遠い。そして暗い。しかし恐《おそ》れてはならぬ。恐れない者の前に道は開《ひら》ける。

行け。勇《いさ》んで。小さき者よ。

（一九一八年一月）

【語註】

一房の葡萄

＊1檣　船に帆を張るために立てる柱。マスト。
＊2帆前船　風の力を利用して走る西洋式帆船。
＊3洋紅色　深く鮮やかなべにいろ。中南米産のサボテンに寄生するコチニール虫の雌から精製する。カルミン。
＊4舶来　外国から船で運ばれてきたこと。
＊5教場　学校で授業を行なう部屋。教室。
＊6石板　粘板岩《ねんばんがん》の薄い板に木の枠をつけ、石墨《せきぼく》で文字・絵が書けるようにした学用品。布でふくと消える。
＊7ポッケット　ポケット。
＊8耳こすり　耳もとで小声でささやくこと。耳うち。ないしょばなし。
＊9どきまぎ　ふいをつかれてどうしてよいかわからず、うろたえあわてるさま。どぎまぎ。
＊10リンネル　亜麻の繊維で織った薄地の織物。リネン。

溺れかけた兄妹

＊1土用波　立秋まえの夏の土用(七月下旬～八月上旬の十八日間)のころ、太平洋沿岸に打ち寄せるうねりのある高波。
＊2横のし泳ぎ　横泳ぎのこと。伸《の》し泳ぎ。
＊3二、三間　約三・六メートルから五・五メートルの距離。一間は約一・八一八メートル。
＊4曲泳ぎ　軽業じみた、おもしろみのある泳ぎ方。
＊5得いわない　うまく言えない。
＊6麦湯　麦茶のこと。

碁石を呑んだ八っちゃん

＊1黒い石も白い石も　碁石のこと。碁石は、囲碁につかう円形の平たい小さな石で、直径約二・二センチメートル。白石百八十個と黒石百八十一個があり、白石はハマグリの殻で、黒石は那智黒《なちぐろ》で作られたものが上等とされる。

＊2おちゃんちゃん　子供用のそでなし羽織。

＊3兎が居眠りしないでも……　「ウサギとカメ」の寓話から。俊足を誇るウサギがかけっこの途中で居眠りをして、休まず努力したカメに負けるという話。

＊4清正公様　東京都港区にある覚林寺《かくりんじ》。加藤清正《きよまさ》が祀られている。

＊5かったい　道ばたなどで金品をねだる人。かたい。

＊6前垂れ　前掛け、エプロン。

僕の帽子のお話

＊1らしゃ　厚地の紡毛織物。表面はフェルトのようで保温性に富み、軍服・コート地などにも使われた。

＊2綴り方　作文の授業。旧制小学校（一八七二～一九四一）の教科の一つ。

＊3かいまき　着物の形の寝具の一種。広袖つきで、夜着より小ぶりで綿も少なく、掛け布団の下にかける。掻い巻き。

＊4読本の字引き　読本は国語の教科書、字引きは辞書のこと。

＊5中の口　玄関と、台所の勝手口の間にある出入り口。

＊6天水桶　雨水をためておく大きなおけ。防火用として軒先などに置かれた。

＊7三軒長屋　一つの棟《むね》を壁で仕切って三世帯が住めるようにした細長い家。

＊8徽章　バッジ。身分や所属などを示すために帽子や衣服につけるしるし。

＊9レデー・オン・ゼ……　競技開始の合図。「位置について、ようい、どん」。Ready on the mark… Getset… Go.

火事とポチ

＊1違い棚　床の間のわきに、二枚の板を左右食い違いに取り付けた棚。上板と下板の間を結ぶ束《つか》を入れ、上板の端に筆返しという突起をつける。
＊2離れ　生活の中心となる母屋《おもや》から離れた座敷。家屋として独立しているものや、廊下でつながっているものもある。
＊3官舎町　公務員用住宅として、国や自治体が建てた官舎のある町。また、そこに住む人の勤める役所などのある町。
＊4半鐘　火災・洪水などの警戒を知らせるために打ち鳴らす小形の釣り鐘。
＊5ポンプ　消火用の手動のポンプ。
＊6けんのん　剣呑。あぶなくて見ていられない。不安を覚えるさま。
＊7葛湯　葛粉《くずこ》に砂糖をまぜ、熱湯をそそいでかきまぜた食べ物。とろみがあり、体を温める効果がある。
＊8丹前　衣服の上に着る防寒用の着物。
＊9井戸がわ　危険防止のために井戸の周りにもうけた囲い。
＊10居留地　外国人の居住・営業が指定された地域。日本では一八九九（明治三十二）年廃止。

小さき者へ

＊1さらぬだに　そうでなくても。
＊2羽がいに　相手のわきのしたに両手を通し、手を交差させて強くしめつけるさま。
＊3芳芬　よいかおり。かぐわしくぷんぷんと発するかおり。
＊4没義道　道にはずれてひどいこと。情け知らず。不人情。

＊5**剋明な門徒**　浄土真宗《じょうどしんしゅう》の熱心な信者。

＊6**Resignation**　あきらめ、観念すること。リジグネーション。

＊7**無劫**　はてのないこと。また、おびやかすもののないこと。

＊8**ありうち**　世の中によくあること。ありがち。

＊9**天理教**　神道十三派の一つ。天保九（一八三八）年中山みきが創始。天理王命《てんりおうのみこと》を祀り、奈良県天理市に本部がある。

＊10**下血**　大便に血がまじったり、肛門から血が出ること。

＊11**ミネルバ**　ローマ神話の手工芸の女神。ギリシャ神話の代表的女神アテナと同一視される。

＊12**ゲーテ**　ドイツの詩人・作家。世界文学史上に残る名作をのこした。（一七四九〜一八三二）

＊13**クロムウェル**　イギリスの軍人・政治家。ピューリタン革命の指導者としてチャールズ一世を処刑、共和制をしき、イギリスの海上制覇の基礎をつくった。（一五九九〜一六五八）

＊14**ナイティンゲール女史**　イギリスの看護婦。クリミア戦争に多くの看護婦をひきいて傷病兵の看護にあたり、その後も病院・看護婦教育制度の改善に尽力。（一八二〇〜一九一〇）

略年譜

一八七八（明治11）
三月四日、東京府小石川水道町に、有島武・幸子の長男として生まれる。父武は大蔵省に勤務。

一八八一（明治14）
三歳
東京女子師範附属幼稚園に通う。

一八八四（明治17）
六歳
八月、横浜英和学校に入学。

一八八七（明治20）
九歳
九月、学習院予備科三年級に編入学し、寄宿舎に入る。

一八八八（明治21）
十歳
皇太子明宮嘉人（のちの大正天皇）の学友に選ばれる。

一八九〇（明治23）
十二歳
九月、学習院予科を卒業、中等科に進む。

一八九六（明治29）
十八歳
七月、学習院中等科を卒業。九月、札幌農学校予科五年級に編入学。教授新渡戸稲造方に寄寓。

一九〇一（明治34）
二十三歳
三月二十四日、札幌独立教会に入会。同月森本厚吉の共著『リビングストン伝』（警醒社）を刊行。七月、札幌農学校本科を卒業。第一師団歩兵第三連隊に入営。

一九〇二（明治35）
二十四歳
予備見習士官となる。

一九〇三（明治36）
二十五歳
八月二十五日、森本と米国留学のため横浜を発つ。九月、ハヴァフォード大学大学院に入学。

一九〇四（明治37）
二十六歳
六月、文学修士号取得。夏、フランクフォードの精神病院で働く。九月、ハーバード大学大学院に聴講手続き。西洋文学・哲学の影響を受け、渡欧。

一九〇七（明治40）
二十九歳
前年からの欧州遊学から四月に帰国。九月一日から三か月軍務に服し、その間に武者小路実篤、志賀直哉を知る。十二月、東北帝国大学農科大学英語講師となる。

一九〇八（明治41）三十歳　一月、札幌に赴任。同月、札幌独立基督協会学芸部長に選出される。

一九〇九（明治42）三十一歳　一月、遠友夜学校校長となる。三月、陸軍中将神尾光臣次女安子と結婚。

一九一〇（明治43）三十二歳　四月、〈白樺〉創刊、同人に加わる。五月、札幌独立基督教会を退会。十月、小説「かんかん虫」を〈白樺〉に発表。

一九一一（明治44）三十三歳　一月、〈白樺〉に「或る女のグリンプス」（後に『或る女』として刊行）連載開始（一九一三年三月まで）。

一九一四（大正3）三十六歳　十月、妻安子が肺結核で入院。十一月、安子転地療養のため、鎌倉に転地。

一九一五（大正4）三十七歳　二月、安子が平塚の杏雲堂病院に入院。三月、農科大学に辞表提出。

一九一六（大正5）三十八歳　八月二日、妻安子死去（享年二十七歳）。以後長男行光、次男敏行、三男行三を男手ひとつで育てることとなった。十二月四日、父武死去（享年七十四歳）。

一九一七（大正6）三十九歳　五月、「死と其前後」を〈新公論〉に、七月「カインの末裔」を〈新小説〉に、九月『クララの出家』を〈太陽〉に、以後も次々と作品を発表し、十月、第一著作集『死』（新潮社）を刊行。

一九一八（大正7）四十歳　二月、『カインの末裔』（新潮社）を刊行。三月十六日から「生まれ出づる悩み」を〈大阪毎日〉に連載開始。十月、同志社大学の客員教授に就任。

一九一九（大正8）四十一歳　三月『或る女』前編、六月『或る女』後編を新潮社より刊行。

一九二〇（大正9）四十二歳　六月『惜みなく愛は奪ふ』（叢文社）を刊行。八月「一房の葡萄」を〈赤い鳥〉に発表。

一九二二（大正11）四十四歳　五月、『星座』（叢文社）を刊行。

一九二三（大正12）　六月九日未明、軽井沢で波多野秋子とともに縊死。七月六日、遺体が発見され、九日、告別式。青山墓地に埋葬された（後に多磨霊園に改葬）。享年四十五歳。

困りつづける子どもたちへ

重松 清

子どもはいつだって困っている。

先のことを考えると、すぐに不安になってしまう。分かれ道に来ると、必ず迷ってしまう。なんとか進む道を選んでも、あとで決まって「あっちのほうがよかったかもしれない」と悔やんでしまう。

どきどき。はらはら。ひやひや。くよくよ。いじいじ。子どもの小さな胸は、高鳴ったり、締めつけられたり、ふさがったり……まったくもって気の休まるときがない。

僕自身そうだった。子どもの頃は、毎日毎日、イヤになるほど困っていた。

朝起きると「今日は算数があるんだなあ」で困る。家を出たあとも、プリントを忘れているんじゃないかと心配になって、ランドセルを背中から降ろして確認する。通学路の途中に家がある上級生のガキ大将とばったり出くわしてしまって、困る、困る。本日の給食のおかずは苦手なレバカツなので、朝から憂鬱《ゆううつ》で、困る、困る、困る。席替えのくじ引きは来週だ。イヤな奴と隣り合わせにならないように祈るしかない。算数の授業で、自信のない問題を当てられそうな気がして体を縮めていたら、それでかえって目立ってしまって「はい、シゲマツくん」と名前を呼ばれて、困る、困る、困る。やっぱり間違えた。みんなに笑われた。その中には片思いの相手だった女の子もいる。うわあ。ばかにされた。これからどうしよう。もう学校に行きたくない。困る、困る、困る、困る、困る……。

家に帰ってからも困るネタはいろいろある。いろいろありすぎて、もう書くのはやめておく。そして夜、布団に入ると、「もし今夜、大地震が来たらどうしよう」とふと思い、居間のほうから両親の話し声が聞こえてくると「お母さんが死んだらどうしよう」とも思い、「明日の体育は跳び箱なんだよなあ」とため息をついて、明日も登校中にあのガキ大将に出くわしてしまうかもしれない、と身をすくめたあげく、暗い部屋の隅になにかほの白いものが浮かんでいるような気までして、布団を頭からかぶってしまう。

それが僕の子ども時代だった。

僕たちみんなの——と言ってもいいだろうか？　どうなんだろう。現役の子どもたちはうなずいてくれそうな気がする。でも、おとなたちは、意外と「そんなことない」と首を横に振るかもしれない。「シゲマツ、おまえ、いいかげんなこと言うなよ」とムキになって怒りだすひともいるかもしれない。

忘れてしまうのだろうか。忘れられないからこそ、打ち消してしまいたいのだろうか。

いずれにしても、「オレの子ども時代は怖いものなんてなにもなかった」と胸を張るひとは、きっと嘘《うそ》をついている。「わたしは子どもの頃、毎日が幸せで幸せでサイコーでした」と屈託なく笑うひとも、おそらく強がっている。そして、そんなおとなたちは、現役の子どもたちのことも同じように見てしまう。「子どもは毎日毎日キラキラと輝いている」「子どもは明るくて元気でハツラツとしているものだ」と一方的に押しつけようとする。子どもたちにとっては、いい迷惑である。

でも、世の中には、ごくまれにだが、困りつづけた子ども時代を忘れないおとなもいる。嘘や強がりとは無縁に、まっすぐ、静かに、おだやかに、優しく、その頃の自分を振り返ることのできるおとなもいる。

有島武郎は、そんなおとなの一人だ。本書に収められたどの作品でも、子どもたちは困っている。できごころで小さな罪を犯した子どもから、大切にしていた帽子がどこかに行ってしまった子どもまで、みんな困っている。その困りっぷりを、有島武郎はほんとうにていねいに、繊細に、みずみずしい言葉で描き出しているのだ。

そうそうそう、そうなんだ、と本書のゲラ刷りを読みながら、何度膝《ひざ》を打っただろう。僕自身は海で溺《おぼ》れかけた体験はないし、弟が碁石を呑《の》み込んでしまったこともないのだが、作品を読み進めるにつれて、それぞれの短い物語の中の「僕」や「ぼく」や「私」が自分と重なり合ってきて、まるで僕自身の思い出が語られているような気になってしまうのだ。きっとそれは、現役の子どもたちが読んだときにはよりいっそう深く感じられるはずだし、困りつづけていた子ども時代のことを認めようとしないおとなだって、本書の作品を読んだら、ぶっきらぼうな口調ではあっても「わかるよ……」とつぶやくはずなのだ。

しかも、有島武郎は、困っている子どもたちをただ描くだけでは終わらない。とことんまで困ってしまったあと、その苦しい時間をくぐり抜けたからこその安堵《あんど》の表情を、美しく、あたたかく、そしてやっぱりみずみずしく描き出す。

そう、そうなんだよ、と僕はここでも膝を打つことになる。子どもが困らないように、とおとなが先回りしてすべての事態をさっさと解決してしまうのは、ほんとうは間違っているのかもしれない。なぜなら、困らないと安堵できないからだ。困っているからこそ、それをくぐり抜けたときに、ほっとした笑顔になる。困ったことが一度もない子どもは、裏返せば、ほっとして微笑《ほほえ》むことも一度もないはずだ。それは、はたして子どもにとって幸せなのだろうか？

ほっとして胸を撫《な》で下ろす瞬間は、大げさに言えば世界との和解の瞬間である。そんな瞬間をたくさん経験することで、子どもたちは優しいおとなになっていく——有島武郎自身も、おそらく。

それを思うと、本書の掉尾を飾る作品が「小さき者へ」だというのは、なんとも心憎い構成である。巻頭の「一房の葡萄」からずっと子どもの視線で描かれていた世界が、最後の「小さき者へ」では父親の視線になる。「小さき者へ」は、僕自身の短編の題名に借りたこともあるほど愛読してきた作品である。読み返した回数は十回ではきかないだろう。けれど、子どもの世界を描いた短編を順に読んでいったあとに「小さき者へ」を読む、というのは初めてだった。この読み方、すごくよかった。すっかりおなじみだった「小さき者へ」に、また一つ新たな光が当てられたような気がした。だから、作品の前にあとがきを読む流儀のひとに、お願いごとを――どうか、本書は目次の順番どおりに読んでください(と、ここでお願いすることじたい矛盾してるんだけどね)。

子どもはいつだって困っている、と僕はさっき書いた。でも、ほんとうはおとなだってたくさん困っている。ただ、おとなの場合は、それをうまくやりすごすコツを覚えている、というだけのことなのだ。

ところが、有島武郎は、どうやらそのコツを潔《いさぎよ》しとしなかったようだ。本書を気に入って、有島武郎に興味を持ったひとは、いつか機会があったら彼の生涯をたどってみるといい。子どもの頃から思春期をへて、おとなになっても、有島武郎は、とにかくずうっと困っている。信仰に悩み、資産家である自分の出自に後ろめたさを感じ、妻の看病と育児に疲れ果てて、妻を亡くしたあともいろいろ、次から次へと困りつづけ、そのはてに……ここから先は、また別のお話になる。

ただ一つ、本書に収められた作品のみずみずしさは、「困りつづけるおとな」だった有島武郎自身のみずみずしさでもあるのだと、僕は思う。おとなの説教や教訓とは違う、困りつづける子どもたちへの温かいエール――それは、困っている子どもに「困るな」と言うことでもなければ、「困らないように手伝ってやるよ」と手を差し伸べることでもない。しっかり困ればいい。ちゃんと困ったほうがいい。有島武郎はそれを見守っている。じっと、微笑みながら、ほんの少しせつなそうに、憂いと優しさの溶け合ったまなざしで、小さき者たちをいとおしく見つめているのだ。

（しげまつ・きよし／作家）

＊本文庫は『有島武郎全集』（筑摩書房）第三巻（一九八〇年）、第六巻（一九八一年）を底本としました。文庫版の読みやすさを考慮し、幅広い読者を対象として、新漢字・新かな遣いとし、難しい副詞、接続詞等はひらがなに、一般的な送りがなにあらため、他版も参照しつつルビを振りました。読者にとって難解と思われる語句には巻末に編集部による語註をつけ、略年譜を付しました。各作品の末尾に発表年月を（　）で示しました。また、作品中には今日の人権意識からみて不適切と思われる表現が含まれていますが、作品が書かれた時代背景、および著者（故人）が差別助長の意味で使用していないこと、また、文学上の業績をそのまま伝えることが重要との観点から、全て底本の表記のままとしました。

ハルキ文庫

あ 20-1

一房《ひとふさ》の葡萄《ぶどう》

著者 有島武郎《ありしまたけお》

2011年4月15日第一刷発行
2024年4月8日第六刷発行

発行者 角川春樹

発行所 株式会社角川春樹事務所
〒102-0074 東京都千代田区九段南2-1-30 イタリア文化会館

電話 03(3263)5247(編集)
03(3263)5881(営業)

印刷・製本 中央精版印刷株式会社

フォーマット・デザイン 芦澤泰偉
表紙イラストレーション 門坂 流

ISBN978-4-7584-3541-3 C0193 ©2011 Printed in Japan
http://www.kadokawaharuki.co.jp/[営業]
fanmail@kadokawaharuki.co.jp[編集] ご意見・ご感想をお寄せください。

ハルキ文庫童話シリーズ

斎藤隆介童話集

磔の刑が目前にもかかわらず、妹を笑わせるためにベロッと舌を出す兄の思いやりを描いた「ベロ出しチョンマ」、ひとりでは小便にも行けない臆病者の豆太が、じさまのために勇気をふるう「モチモチの木」などの代表作をはじめ、子どもから大人まで愉しめる全二十五篇を収録。真っ直ぐに生きる力が湧いてくる、名作アンソロジー。

（解説・藤田のぼる／エッセイ・松谷みよ子）

新美南吉童話集

いたずら好きの小ぎつね〝ごん〟と兵十の心の交流を描いた「ごん狐」、ある日、背中の殻のなかに悲しみがいっぱいに詰まっていることに気づいてしまった「でんでんむしの　かなしみ」など、子どもから大人まで愉しめる全二十篇を収録した、胸がいっぱいになる名作アンソロジー。

（解説・谷 悦子／エッセイ・谷川俊太郎）

ハルキ文庫童話シリーズ

あまんきみこ童話集

母を亡くしながら健気に生きる少女キクの、〈いま〉という時をめぐる温かな物語「北風をみた子」をはじめ、子どもの意識に自然と入り込んでくる不思議な時空との出会いを描いた「海うさぎのきた日」「さよならのうた」など、東洋的ファンタジー全12篇を厳選。光を放つ透明な文章で綴られた名作アンソロジー。

（編・解説・谷 悦子）

佐藤さとる童話集

人か狐か正体がわからない三吉をめぐる物語「きつね三吉」、鳥の巣ばこに住むおばけと男の子のほほえましい交流を描いた「ぼくのおばけ」など、日常のなかにかくれた“不思議”を、丁寧な細工をこらした文章で綴る名作ファンタジー全12篇を厳選。自分のまわりでもこんなことが起きたらいいな——と、温かくやわらかな気持ちになる珠玉のアンソロジー。

（解説・野上 暁）

金子みすゞ童謡集

〈見えぬけれどもあるんだよ、見えぬものでもあるんだよ〉（「星とたんぽぽ」）。大正末期、彗星のごとく登場し、悲運の果てに若くして命を断った天才童謡詩人・金子みすゞ。彼女は子どもたちの無垢な世界や、自然や宇宙の成り立ちをやさしい詩の言葉に託し、大切な心のありかを歌った。いま、歴史の闇に散逸した幻の名詩が再び発掘者の手でテーマ別に編まれた。殺伐たる時代の中で、もう一度目に見えぬ「やさしさ」や「心」を見つめ直すために。

草野心平詩集

〈どうしてだろう。／うれしいんだのに。／どうして。なんか。かなしいんだろ。／へんだな。／そういえばあたしもかなしい。／うれしいからなんだよ。／そうかしら。／そうだよ。きっと。〉（「おたまじゃくしたち四五匹」より）。個という存在の確かさや愛おしさを、おおらかな息づかいでうたいつづけた草野心平。本書では、蛙の詩人としても知られる著者の代表作「ごびらっふの独白」をはじめ、〝易しくて、優しい〟言葉で綴られた一〇六篇を精選。文庫オリジナル版。　（巻末エッセイ・重松清）

みんなの谷川俊太郎詩集

〈生まれたよ　ぼく／やっとここにやってきた／まだ眼は開いていないけど／まだ耳も聞こえないけれど／ぼくは知ってる／ここがどんなにすばらしいところか〉（「生まれたよ　ぼく」より）。初期の作品からことばあそびうた・わらべうた、ノンセンス詩をはじめ、「鉄腕アトム」の歌や幼年・少年少女のつぶやきの詩まで、著者が自分の中の子どもをいまの子どもたちにかさねて詩にした一二九篇を厳選。知らなかったらもったいない文庫オリジナル。

（編・解説／谷悦子、エッセイ／小澤征良）